W0320435

CLASSIQUES & CIE
LYCÉE

Jean Racine
Bérénice (1670)

Collection dirigée par
Marc Robert

Notes et dossier
Jean-Luc Vincent
agrégé de lettres classiques

Hatier

BÉRÉNICE

LIRE L'ŒUVRE

L'ŒUVRE DANS L'HISTOIRE

Conception graphique de la maquette :
c-album Jean-Baptiste Taisne, Rachel Pfleger
Principe de couverture : Double
Mise en pages : Chesteroc Limited
Iconographie : Hatier Illustration
Suivi éditorial : Isabelle Chave

© Hatier Paris, 2012

ISBN : 978-2-218-96303-2

L'ŒUVRE DANS UN GENRE

VERS L'ÉPREUVE
ARGUMENTER, COMMENTER, RÉDIGER

Édition conforme à l'édition de 1663, avec une orthographe modernisée.

BÉRÉNICE

À Monseigneur Colbert[1]

Secrétaire d'État,
Contrôleur Général des Finances,
Surintendant des Bâtiments,
Grand-Trésorier des Ordres du Roi,
Marquis de Seignelay, etc.

MONSEIGNEUR,

Quelque juste défiance que j'aie de moi-même et de mes ouvrages, j'ose espérer que vous ne condamnerez pas la liberté que je prends de vous dédier cette tragédie. Vous ne l'avez pas jugée tout à fait indigne de votre approbation. Mais ce qui fait son plus grand mérite auprès de vous, c'est, MONSEIGNEUR, que vous avez été témoin du bonheur qu'elle a eu de ne pas déplaire à Sa Majesté.

L'on sait que les moindres choses vous deviennent considérables[2], pour peu qu'elles puissent servir ou à sa gloire ou à son plaisir. Et c'est ce qui fait qu'au milieu de tant d'importantes occupations, où[3] le zèle de votre prince et le bien public vous tiennent continuellement attaché, vous ne dédaignez pas quelquefois de descendre jusqu'à nous, pour nous demander compte de notre loisir[4].

1. *À Monseigneur Colbert :* lettre placée en tête de la première édition (1671) par laquelle l'auteur dédie son ouvrage à un haut personnage. Ici, Colbert, l'un des hommes les plus puissants du royaume. \ **2.** *Considérables* : dignes d'être considérées. \ **3.** *Où* : auxquelles. \ **4.** *Nous demander compte de notre loisir* : vous intéresser à ce que nous faisons.

J'aurais ici une belle occasion de m'étendre sur vos louanges, si vous me permettiez de vous louer. Et que ne dirais-je point de tant de rares qualités qui vous ont attiré l'admiration de toute la France, de cette pénétration à laquelle rien n'échappe, de cet esprit vaste qui embrasse, qui exécute tout à la fois tant de grandes choses, de cette âme que rien n'étonne [1], que rien ne fatigue ?

Mais, MONSEIGNEUR, il faut être plus retenu à vous parler de vous-même, et je craindrais de m'exposer, par un éloge importun, à vous faire repentir de l'attention favorable dont vous m'avez honoré. Il vaut mieux que je songe à la mériter par quelque nouvel ouvrage. Aussi bien c'est le plus agréable remerciment qu'on vous puisse faire. Je suis avec un profond respect,

MONSEIGNEUR,

Votre très humble et très obéissant serviteur,

RACINE.

1. *Étonne* : effraie.

Préface[1]

Titus reginam Berenicen cui etiam nuptias pollicitus ferebatur, statim ab urbe dimisit invius invitam[2].

C'est-à-dire que « Titus, qui aimait passionnément Bérénice, et qui même, à ce qu'on croyait, lui avait promis de l'épouser, la renvoya de Rome, malgré lui et malgré elle, dès les premiers jours de son empire[3] ». Cette action est très fameuse dans l'histoire ; et je l'ai trouvée très propre pour[4] le théâtre, par la violence des passions qu'elle y pouvait exciter. En effet, nous n'avons rien de plus touchant dans tous les poètes que la séparation d'Énée et de Didon, dans Virgile[5]. Et qui doute que ce qui a pu fournir assez de matière pour tout un chant d'un poème héroïque, où l'action dure plusieurs jours, ne puisse suffire pour le sujet d'une tragédie, dont la durée ne doit être que de quelques heures[6] ? Il est vrai que je n'ai point poussé Bérénice jusqu'à se tuer comme Didon, parce

---

1. *Préface* : Racine écrit cette préface en 1671. \ **2.** *Titus* […] *invitam* : extrait des *Vies des douze Césars* de Suétone, VII, Titus. \ **3.** *Titus* […] *empire* : la traduction proposée par Racine n'est pas très fidèle et opère une coupe importante dans le texte original. La première partie de la phrase (« *Titus reginam Berenicem, cui etiam pollicitus ferebatur* » : « Titus, qui, dit-on, avait promis le mariage à la reine Bérénice ») appartient à un long paragraphe qui évoque les défauts du nouvel empereur et son goût pour la luxure. La seconde partie de la phrase provient du paragraphe suivant dans lequel son changement de comportement et de caractère au moment de devenir empereur (« *statim ab Urbe dimisit invitus invitam* » : « aussitôt, il la renvoya de Rome malgré lui, malgré elle »). Voir la traduction de Pierre Grimal dans le Livre de Poche, 1973. \ **4.** *Propre pour* : appropriée à. \ **5.** *La séparation* […] *Virgile* : référence au chant IV de *L'Énéide* de Virgile, poète latin du premier siècle ap. J.-C. Énée quitte Didon, reine de Carthage. Cette séparation conduit cette dernière au suicide. \ **6.** *Quelques heures* : rappel ici de la règle de l'unité temporelle qui régit l'écriture dramatique de l'époque de Racine.

que Bérénice n'ayant pas ici avec Titus les derniers engagements que Didon avait avec Énée, elle n'est pas obligée, comme elle, de renoncer à la vie. À cela près, le dernier adieu qu'elle dit à Titus, et l'effort qu'elle se fait [1] pour s'en séparer n'est pas le moins tragique de la pièce; et j'ose dire qu'il renouvelle assez bien dans le cœur des spectateurs l'émotion que le reste y avait pu exciter.

Ce n'est point une nécessité qu'il y ait du sang et des morts dans une tragédie : il suffit que l'action en soit grande, que les acteurs [2] en soient héroïques, que les passions y soient excitées, et que tout s'y ressente de cette tristesse majestueuse qui fait tout le plaisir de la tragédie.

Je crus que je pourrais rencontrer toutes ces parties [3] dans mon sujet; mais ce qui m'en plut davantage, c'est que je le trouvai extrêmement simple. Il y avait longtemps que je voulais essayer si je pourrais faire une tragédie avec cette simplicité d'action qui a été si fort du goût des anciens. Car c'est un des premiers préceptes qu'ils nous ont laissés : « Que ce que vous ferez, dit Horace [4], soit toujours simple et ne soit qu'un. » Ils ont admiré l'*Ajax* de Sophocle [5], qui n'est autre chose qu'Ajax qui se tue de regret, à cause de la fureur où il était tombé après le refus qu'on lui avait fait des armes d'Achille. Ils ont admiré le *Philoctète*, dont tout le sujet est Ulysse qui vient pour surprendre les flèches d'Hercule. L'*Œdipe* [6] même, quoique tout plein de reconnaissances [7], est moins chargé de matière que la plus simple tragédie de nos

1. *Qu'elle se fait* : qu'elle fait sur elle-même. \ **2.** *Acteurs* : personnages (ceux qui font l'action). \ **3.** *Toutes ces parties* : tous ces éléments. \ **4.** *Horace* : poète latin (65-8 av. J.-C.) qui écrivit un *Art poétique*, modèle pour les classiques français. La citation correspond au vers 23 du texte d'Horace. \ **5.** *Sophocle* : auteur tragique grec (495-406 av. J.-C.) qui écrivit notamment les trois tragédies citées par Racine. \ **6.** *Œdipe* : modèle de la tragédie selon Aristote dans sa *Poétique*. \ **7.** *Reconnaissances* : procédé dramaturgique qui consiste à faire progresser l'action par une suite de découvertes ou de révélations successives. Ainsi Œdipe apprend qui sont ces parents et quelle est sa véritable identité.

jours. Nous voyons enfin que les partisans de Térence[1], qui l'élèvent avec raison au-dessus de tous les poètes comiques, pour l'élégance de sa diction[2] et pour la vraisemblance de ses mœurs[3], ne laissent pas de[4] confesser que Plaute a un grand avantage sur lui par la simplicité qui est dans la plupart des sujets de Plaute; et c'est sans doute cette simplicité merveilleuse qui a attiré à ce dernier toutes les louanges que les anciens lui ont données. Combien Ménandre[5] était-il encore plus simple, puisque Térence est obligé de prendre deux comédies de ce poète pour en faire une des siennes ?

Et il ne faut point croire que cette règle ne soit fondée que sur la fantaisie de ceux qui l'on faite : il n'y a que le vraisemblable qui touche dans la tragédie, et quelle vraisemblance y a-t-il qu'il arrive en un jour une multitude de choses qui pourraient à peine arriver en plusieurs semaines ? Il y en a qui pensent que cette simplicité est une marque de peu d'invention[6]. Ils ne songent pas qu'au contraire toute l'invention consiste à faire quelque chose de rien, et que tout ce grand nombre d'incidents a toujours été le refuge des poètes qui ne sentaient dans leur génie ni assez d'abondance ni assez de force pour attacher durant cinq actes leurs spectateurs par une action simple, soutenue de la violence des passions, de la beauté des sentiments et de l'élégance de l'expression. Je suis bien éloigné de croire que toutes ces choses se rencontrent dans mon ouvrage : mais aussi je ne puis croire que le public me sache mauvais gré de lui avoir donné une tragédie qui a été honorée de tant de larmes, et dont la trentième représentation a été aussi suivie que la première.

1. *Térence* : auteur comique latin (190-159 av. J.-C.) souvent pris comme modèle par les classiques pour son élégance et son bon goût, qui le font préférer à son prédécesseur Plaute (254-184 av. J.-C.). \ **2.** *Diction* : style. \ **3.** *Mœurs* : caractères. \ **4.** *Ne laissent pas de* : ne cessent pas de. \ **5.** *Ménandre* : auteur comique grec du IVe siècle av. J.-C., créateur des premières comédies de mœurs et de caractères. \ **6.** *Invention* : terme de rhétorique qui désigne le choix de la matière à traiter dans le discours.

Ce n'est pas que quelques personnes[1] ne m'aient reproché cette même simplicité que j'avais recherchée avec tant de soin. Ils ont cru qu'une tragédie qui était si peu chargée d'intrigues ne pouvait être selon[2] les règles du théâtre. Je m'informai s'ils se plaignaient qu'elle les eût ennuyés. On me dit qu'ils avouaient tous qu'elle n'ennuyait point, qu'elle les touchait même en plusieurs endroits, et qu'ils la verraient encore avec plaisir. Que veulent-ils davantage ? Je les conjure d'avoir assez bonne opinion d'eux-mêmes pour ne pas croire qu'une pièce qui les touche et qui leur donne du plaisir puisse être absolument contre les règles. La principale règle est de plaire et de toucher : toutes les autres ne sont faites que pour parvenir à cette première[3]. Mais toutes ces règles sont d'un long détail, dont je ne leur conseille pas de s'embarrasser : ils ont des occupations plus importantes. Qu'ils se reposent sur nous de la fatigue d'éclaircir les difficultés de la *Poétique* d'Aristote ; qu'il se réservent le plaisir de pleurer de d'être attendris ; et qu'ils me permettent de leur dire ce qu'un musicien disait à Philippe, roi de Macédoine, qui prétendait qu'une chanson n'était pas selon les règles : « À Dieu ne plaise, seigneur, que vous soyez jamais si malheureux que de savoir ces choses-là mieux que moi[4] ! »

Voilà tout ce que j'ai à dire à ces personnes à qui je ferai toujours gloire de plaire ; car, pour le libelle[5] que l'on à fait contre moi, je crois que les lecteurs me dispenseront volontiers d'y répondre. Et que répondrais-je à un homme qui ne pense

1. *Quelques personnes* : Racine désigne ici ses opposants et notamment l'abbé du Villars qui avait publié deux *Lettres sur Bérénice* dans lesquelles il s'attaquait vivement à l'indigence de l'action dans *Bérénice.* \ **2.** *Être selon* : être conforme à. \ **3.** *La principale règle* [...] *première* : cette idée rappelle celle exprimée par Molière dans *La Critique de l'École des femmes* (1663), destinée à des détracteurs : « Je voudrais bien savoir si la grande règle de toutes les règles n'est pas de plaire. » \ **4.** *Un musicien* [...] *que moi* : anecdote rapportée par l'auteur de langue grecque Plutarque (50-125 apr. J.-C.). \ **5.** *Libelle* : court texte polémique. Racine pense à la *Critique de « Bérénice »* de l'abbé de Villars, parue peu de temps après la première de la pièce.

rien et qui ne sait pas même construire ce qu'il pense ? Il parle de protase[1] comme s'il entendait[2] ce mot, et veut que cette première des quatre parties de la tragédie soit toujours la plus proche de la dernière, qui est la catastrophe. Il se plaint que la trop grande connaissance des règles l'empêche de se divertir à la comédie. Certainement, si l'on en juge par sa dissertation, il n'y eut jamais de plainte plus mal fondée. Il paraît bien qu'il n'a jamais lu Sophocle, qu'il loue très injustement *d'une grande multiplicité d'incidents* et qu'il n'a même jamais rien lu de la *Poétique* que dans quelques préfaces de tragédies. Mais je lui pardonne de ne pas savoir les règles du théâtre, puisque, heureusement pour le public, il ne s'applique pas à ce genre d'écrire. Ce que je ne lui pardonne pas, c'est de savoir si peu les règles de la bonne plaisanterie, lui qui ne veut pas dire un mot sans plaisanter. Croit-il réjouir beaucoup les honnêtes gens par ces *hélas de poche*[3], ces *mesdemoiselles mes règles*[4], et quantité d'autres basses affectations qu'il trouvera condamnées dans tous les bons auteurs, s'il se mêle jamais de les lire ?

Toutes ces critiques sont le partage de quatre ou cinq petits auteurs infortunés qu n'ont jamais pu par eux-mêmes exciter la curiosité du public. Ils attendent toujours l'occasion de quelque ouvrage qui réussisse, pour l'attaquer, non point par jalousie, car sur quel fondement seraient-ils jaloux ? mais dans l'espérance qu'on se donnera la peine de leur répondre, et qu'on les tirera de l'obscurité où leurs propres ouvrages les auraient laissés toute leur vie.

1. *Protase* : terme technique imité du grec et utilisé par les pédants. La *protase* désigne l'exposition, l'*épitase* le nœud de l'action, la *catastase* la péripétie et la catastrophe le dénouement. \ **2.** *Entendait* : comprenait. \ **3.** *Hélas de poche* : selon l'abbé de Villars, Antiochus « a toujours un *Toutefois*, et un *Hélas !* de poche pour amuser le théâtre ». \ **4.** *Mesdemoiselles mes règles* : Racine cite toujours Villars qui raconte la seconde fois qu'il a vu *Bérénice* : « [...] j'ai laissé mes Demoiselles les règles à la porte, j'ai vu la Comédie [la pièce], je l'ai trouvée fort affligeante [triste], et j'y ai pleuré comme un ignorant. »

Les personnages

TITUS, *empereur de Rome.*
BÉRÉNICE, *reine de Palestine.*
ANTIOCHUS, *roi de Comagène.*
PAULIN, *confident de Titus.*
ARSACE, *confident d'Antiochus.*
PHÉNICE, *confidente de Bérénice.*
RUTILE, *Romain.*
SUITE DE TITUS

La scène est à Rome, dans un cabinet qui est entre l'appartement de Titus et celui de Bérénice.

Acte premier

Scène première

ANTIOCHUS, ARSACE

ANTIOCHUS

Arrêtons un moment. La pompe [1] de ces lieux,
Je le vois bien, Arsace, est nouvelle à tes yeux.
Souvent ce cabinet [2] superbe et solitaire [3],
Des secrets de Titus est le dépositaire.
C'est ici quelquefois qu'il se cache à sa cour,
Lorsqu'il vient à la reine expliquer son amour.
De son appartement cette porte est prochaine,
Et cette autre conduit dans celui de la reine.
Va chez elle. Dis-lui qu'importun à regret,
J'ose lui demander un entretien secret.

ARSACE

Vous, Seigneur, importun ? vous, cet ami fidèle,
Qu'un soin si généreux [4] intéresse pour elle [5] ?
Vous, cet Antiochus son amant autrefois ;
Vous, que l'Orient compte entre ses plus grands rois ?
Quoi ? déjà de Titus épouse en espérance,
Ce rang entre elle et vous met-il tant de distance ?

---

1. *La pompe* : la magnificence. \ **2.** *Cabinet* : cabinet de travail, bureau. \ **3.** *Solitaire* : isolé. \ **4.** *Un soin si généreux* : un amour si noble. \ **5.** *Intéresse pour elle* : pousse à s'intéresser à elle.

Antiochus

Va, dis-je ; et sans vouloir te charger d'autres soins [1],
Vois si je puis bientôt lui parler sans témoins.

Scène 2

Antiochus, *seul*

TEXTE 16

Hé bien, Antiochus, es-tu toujours le même ?
Pourrai-je, sans trembler, lui dire : Je vous aime ?
Mais quoi ? déjà je tremble, et mon cœur agité
Craint autant ce moment que je l'ai souhaité.
Bérénice autrefois m'ôta toute espérance.
Elle m'imposa même un éternel silence.
Je me suis tu cinq ans. Et jusques à [2] ce jour
D'un voile d'amitié j'ai couvert mon amour.
Dois-je croire qu'au rang, où Titus la destine,
Elle m'écoute mieux que dans la Palestine ?
Il l'épouse. Ai-je donc attendu ce moment
Pour me venir encor déclarer son amant ?
Quel fruit me reviendra d'un aveu téméraire [3] ?
Ah ! puisqu'il faut partir, partons sans lui déplaire.
Retirons-nous, sortons, et sans nous découvrir [4],
Allons loin de ses yeux l'oublier, ou mourir.
Hé quoi ! souffrir toujours un tourment [5] qu'elle ignore ?
Toujours verser des pleurs qu'il faut que je dévore [6] ?
Quoi ? même en la perdant redouter son courroux ?
Belle reine, et pourquoi vous offenseriez-vous ?
Viens-je vous demander que vous quittiez l'empire ?

1. *Soins* : préoccupations. \ **2.** *Jusques à* : jusqu'à. \ **3.** *Téméraire* : irréfléchi. \ **4.** *Nous découvrir* : se révéler. \ **5.** *Tourment* : violente douleur morale ou physique. \ **6.** *Dévore :* ravale.

Que vous m'aimiez ? Hélas ! Je ne viens que vous dire,
Qu'après m'être longtemps flatté[1] que mon rival
Trouverait à ses vœux quelque obstacle fatal[2] ;
Aujourd'hui qu'il peut tout, que votre hymen s'avance,
Exemple infortuné d'une longue constance[3],
Après cinq ans d'amour, et d'espoir superflus,
Je pars, fidèle encor quand je n'espère plus.
Au lieu de s'offenser, elle pourra me plaindre.
Quoi qu'il en soit, parlons, c'est assez nous contraindre.
Et que peut craindre, hélas ! un amant sans espoir
Qui peut bien se résoudre à ne la jamais voir ?

Scène 3

ANTIOCHUS, ARSACE

ANTIOCHUS

Arsace, entrerons-nous ?

ARSACE

Seigneur, j'ai vu la reine ;
Mais pour me faire voir, je n'ai percé qu'à peine[4]
Les flots toujours nouveaux d'un peuple adorateur
Qu'attire sur ses pas sa prochaine grandeur.
Titus, après huit jours d'une retraite austère,
Cesse enfin de pleurer Vespasien[5] son père.
Cet amant se redonne aux soins de son amour.
Et si j'en crois, Seigneur, l'entretien de la cour[6],

1. *Flatté* : imaginé de façon illusoire. \ 2. *Fatal* : voulu par le destin. \ 3. *Exemple* [...] *constance* : groupe nominal apposé à je. \ 4. *À peine* : avec peine. \ 5. *Vespasien* : empereur de Rome de 69 à 79, père de Titus. Il met fin aux révoltes en Judée et restaure l'empire romain dévasté par la guerre civile. \ 6. *Entretien de la cour* : propos qui circulent à la cour.

Peut-être avant la nuit l'heureuse Bérénice
Change le nom de reine[1] au nom[2] d'impératrice.

ANTIOCHUS

Hélas !

ARSACE

Quoi ? ce discours pourrait-il vous troubler[3] ?

ANTIOCHUS

Ainsi donc sans témoins je ne lui puis parler ?

ARSACE

Vous la verrez, Seigneur, Bérénice est instruite.
Que vous voulez ici la voir seule, et sans suite.
La reine d'un regard a daigné m'avertir
Qu'à votre empressement elle allait consentir.
Et sans doute elle attend le moment favorable
Pour disparaître aux yeux d'une cour qui l'accable.

ANTIOCHUS

Il suffit. Cependant n'as-tu rien négligé
Des ordres importants dont je t'avais chargé ?

ARSACE

Seigneur, vous connaissez ma prompte obéissance.
Des vaisseaux dans Ostie[4] armés[5] en diligence[6],
Prêts à quitter le port de moments en moments,
N'attendent pour partir que vos commandements.
Mais qui renvoyez-vous dans votre Comagène[7] ?

1. *Reine* : Bérénice est reine de Judée. \ **2.** *Au nom* : pour le nom. \ **3.** *Troubler* : sens fort de bouleverser. \ **4.** *Ostie* : port de Rome. \ **5.** *Armés* : équipés. \ **6.** *En diligence* : en hâte. \ **7.** *Comagène* : Antiochus est roi de Comagène, région située au nord est de la Syrie, elle-même au nord de la Judée.

Antiochus

Arsace, il faut partir quand j'aurai vu la reine.

Arsace

Qui doit partir ?

Antiochus

Moi.

Arsace

Vous ?

Antiochus

En sortant du palais
Je sors de Rome, Arsace, et j'en sors pour jamais.

Arsace

Je suis surpris sans doute, et c'est avec justice[1].
Quoi ! depuis si longtemps la reine Bérénice
Vous arrache, Seigneur, du sein de vos États,
Depuis trois ans dans Rome elle arrête vos pas ;
Et lorsque cette reine, assurant sa conquête[2]
Vous attend pour témoin de cette illustre fête,
Quand l'amoureux Titus, devenant son époux,
Lui prépare un éclat qui rejaillit sur vous…

Antiochus

Arsace, laisse-la jouir de sa fortune,
Et quitte un entretien dont le cours m'importune.

Arsace

Je vous entends[3], Seigneur. Ces mêmes dignités[4]

1. *Avec justice* : avec raison. \ **2.** *Assurant sa conquête* : sûre d'avoir conquis Titus. \ **3.** *Entends* : comprends. \ **4.** *Ces mêmes dignités* : ces dignités mêmes.

Ont rendu Bérénice ingrate à vos bontés.
L'inimitié succède à l'amitié trahie.

ANTIOCHUS

Non, Arsace, jamais je ne l'ai moins haïe.

ARSACE

Quoi donc ! de sa grandeur déjà trop prévenu [1],
Le nouvel empereur vous a-t-il méconnu [2] ?
Quelque pressentiment de son indifférence
Vous fait-il loin de Rome éviter sa présence ?

ANTIOCHUS

Titus n'a point pour moi paru se démentir,
J'aurais tort de me plaindre.

ARSACE

Et pourquoi donc partir ?
Quel caprice [3] vous rend ennemi de vous-même ?
Le ciel met sur le trône un prince qui vous aime,
Un prince qui jadis témoin de vos combats
Vous vit chercher la gloire et la mort sur ses pas,
Et de qui la valeur par vos soins secondée
Mit enfin sous le joug la rebelle Judée [4].
Il se souvient du jour illustre et douloureux
Qui décida du sort d'un long siège douteux [5] :
Sur leur triple rempart les ennemis tranquilles
Contemplaient sans péril nos assauts inutiles,
Le bélier [6] impuissant les menaçait en vain.

1. *De sa grandeur déjà trop prévenu* : déjà trop influencé par sa grandeur. \ **2.** *Vous a-t-il méconnu* : n'a-t-il pas reconnu votre valeur. \ **3.** *Caprice* : changement d'humeur. \ **4.** *La rebelle Judée* : Titus s'empare de Jérusalem en juillet 70, grâce notamment à l'aide d'Antiochus. \ **5.** *Long siège douteux* : la ville de Jérusalem fut assiégée pendant plus d'un mois. *Douteux* : à l'issue incertaine. \ **6.** *Bélier :* machine de guerre utilisée pour enfoncer les portes et les murs.

Vous seul, Seigneur, vous seul, une échelle à la main,
Vous portâtes la mort jusque sur leurs murailles.
Ce jour presque éclaira vos propres funérailles,
Titus vous embrassa mourant entre mes bras,
Et tout le camp vainqueur pleura votre trépas.
Voici le temps, Seigneur, où vous devez attendre
Le fruit de tant de sang qu'ils vous ont vu répandre.
Si pressé du désir de revoir vos États
Vous vous lassez de vivre où vous ne régnez pas ;
Faut-il que sans honneur l'Euphrate [1] vous revoie ?
Attendez pour partir que César [2] vous renvoie
Triomphant, chargé des titres souverains
Qu'ajoute encore aux rois l'amitié des Romains.
Rien ne peut-il, Seigneur, changer votre entreprise ?
Vous ne répondez point.

ANTIOCHUS

Que veux-tu que je dise ?
J'attends de Bérénice un moment d'entretien.

ARSACE

Hé bien, Seigneur ?

ANTIOCHUS

Son sort décidera du mien.

ARSACE

Comment ?

ANTIOCHUS

Sur son hymen j'attends qu'elle s'explique.
Si sa bouche s'accorde avec la voix publique,

1. *Euphrate* : fleuve qui coule au sud de la Comagène. \ 2. *César* : titre officiel porté par les empereurs romains.

S'il est vrai qu'on l'élève au trône des Césars,
Si Titus a parlé, s'il l'épouse, je pars.

ARSACE

Mais qui [1] rend à vos yeux cet hymen si funeste ?

ANTIOCHUS

Quand nous serons partis, je te dirai le reste.

ARSACE

Dans quel trouble [2], Seigneur, jetez-vous mon esprit !

ANTIOCHUS

La reine vient. Adieu, fais tout ce que j'ai dit.

Scène 4

BÉRÉNICE, ANTIOCHUS, PHÉNICE

BÉRÉNICE

Enfin je me dérobe à la joie importune
De tant d'amis nouveaux que me fait la fortune ;
Je fuis de leurs respects l'inutile longueur,
Pour chercher un ami qui me parle du cœur [3].
Il ne faut point mentir, ma juste impatience
Vous accusait déjà de quelque négligence.
Quoi ? cet Antiochus, disais-je, dont les soins
Ont eu tout l'Orient et Rome pour témoins,
Lui que j'ai vu toujours constant dans mes traverses [4]
Suivre d'un pas égal mes fortunes diverses ;

1. *Qui* : qu'est-ce qui. \ **2.** *Trouble* : sens fort de confusion. \ **3.** *Du cœur* : avec le cœur. \ **4.** *Traverses* : malheurs.

Aujourd'hui que le ciel semble me présager
Un honneur, qu'avec vous je prétends partager,
Ce même Antiochus, se cachant à ma vue,
Me laisse à la merci d'une foule inconnue ?

ANTIOCHUS

Il est donc vrai, Madame ? Et selon ce discours
L'hymen va succéder à vos longues amours ?

BÉRÉNICE

Seigneur, je vous veux bien confier mes alarmes[1].
Ces jours ont vu mes yeux baignés de quelques larmes.
Ce long deuil[2] que Titus imposait à sa cour,
Avait même en secret suspendu son amour.
Il n'avait plus pour moi cette ardeur assidue
Lorsqu'il passait les jours attaché sur ma vue.
Muet, chargé de soins[3], et les larmes aux yeux,
Il ne me laissait plus que de tristes adieux.
Jugez de ma douleur, moi dont l'ardeur extrême,
Je vous l'ai dit cent fois, n'aime en lui que lui-même,
Moi qui, loin des grandeurs, dont il est revêtu,
Aurais choisi son cœur, et cherché sa vertu[4].

ANTIOCHUS

Il a repris pour vous sa tendresse première ?

BÉRÉNICE

Vous fûtes spectateur de cette nuit dernière,
Lorsque, pour seconder ses soins religieux,
Le sénat a placé son père entre les dieux[5].

---

1. *Alarmes* : angoisses. \ **2.** *Long deuil* : à la mort de Vespasien, Titus impose une période de deuil. \ **3.** *Charge de soins* : préoccupé. \ **4.** *Vertu* : valeur morale. \ **5.** *Placé son père entre les dieux* : l'apothéose, cérémonie par laquelle l'empereur défunt, brûlé, rejoint les dieux.

De ce juste devoir sa piété[1] contente[2]
A fait place, Seigneur, au soin de son amante.
Et même en ce moment, sans qu'il m'en ait parlé,
Il est dans le sénat, par son ordre assemblé.
Là, de la Palestine il étend la frontière,
Il y joint l'Arabie et la Syrie entière.
Et si de ses amis j'en dois croire la voix,
Si j'en crois ses serments redoublés mille fois,
Il va sur tant d'États couronner Bérénice,
Pour joindre à plus de noms le nom d'impératrice.
Il m'en viendra lui-même assurer en ce lieu.

ANTIOCHUS

Et je viens donc vous dire un éternel adieu.

BÉRÉNICE

Que dites-vous ? Ah ciel ! quel adieu ? quel langage ?
Prince, vous vous troublez et changez de visage ?

ANTIOCHUS

Madame, il faut partir.

BÉRÉNICE

Quoi ? ne puis-je savoir
Quel sujet...

ANTIOCHUS

Il fallait partir sans la revoir.

BÉRÉNICE

Que craignez-vous ? parlez, c'est trop longtemps se taire.
Seigneur, de ce départ quel est donc le mystère ?

1. *Piété :* conscience religieuse. \ 2. *Contente* : satisfaite.

ANTIOCHUS

Au moins souvenez-vous que je cède à vos lois [1],
Et que vous m'écoutez pour la dernière fois.
Si, dans ce haut degré de gloire et de puissance,
Il vous souvient des lieux où vous prîtes naissance,
Madame, il vous souvient que mon cœur en ces lieux
Reçut le premier trait [2] qui partit de vos yeux.
J'aimai, j'obtins l'aveu d'Agrippa [3] votre frère.
Il vous parla pour moi. Peut-être sans colère
Alliez-vous de mon cœur recevoir le tribut [4],
Titus, pour mon malheur, vint, vous vit, et vous plut,
Il parut devant vous dans tout l'éclat d'un homme
Qui porte entre ses mains la vengeance de Rome.
La Judée en pâlit. Le triste [5] Antiochus
Se compta le premier au nombre des vaincus.
Bientôt de mon malheur interprète sévère,
Votre bouche à la mienne ordonna de se taire.
Je disputai [6] longtemps, je fis parler mes yeux.
Mes pleurs et mes soupirs vous suivaient en tous lieux.
Enfin votre rigueur emporta la balance [7],
Vous sûtes m'imposer l'exil, ou le silence :
Il fallut le promettre, et même le jurer.
Mais, puisqu'en ce moment j'ose me déclarer,
Lorsque vous m'arrachiez cette injuste promesse,
Mon cœur faisait serment de vous aimer sans cesse.

BÉRÉNICE

Ah ! que me dites-vous ?

1. *À vos lois* : à votre ordre. \ 2. *Le premier trait* : la première flèche qui partit de vos yeux (métaphore empruntée au discours galant et précieux). \ 3. *Aveu d'Agrippa* : consentement d'Agrippa, frère de Bérénice. \ 4. *Tribut* : don. \ 5. *Triste* : affligé (sens fort). \ 6. *Disputai* : hésitai. \ 7. *Balance* : métaphore de la balance de la justice qui pèse le pour et le contre avant de rendre une décision.

ANTIOCHUS

Je me suis tu cinq ans,
Madame, et vais encor me taire plus longtemps.
De mon heureux rival j'accompagnai les armes.
J'espérai de verser mon sang après mes larmes,
Ou qu'au moins, jusqu'à vous porté par mille exploits,
Mon nom[1] pourrait parler, au défaut[2] de ma voix.
Le ciel sembla promettre une fin à ma peine.
Vous pleurâtes ma mort, hélas ! trop peu certaine[3].
Inutiles périls ! Quelle était mon erreur !
La valeur de Titus surpassait ma fureur[4].
Il faut qu'à sa vertu mon estime réponde.
Quoique attendu, Madame, à[5] l'empire du monde,
Chéri de l'univers, enfin aimé de vous ;
Il semblait à lui seul appeler tous les coups,
Tandis que sans espoir, haï, lassé de vivre,
Son malheureux rival ne semblait que le suivre.
Je vois que votre cœur m'applaudit en secret,
Je vois que l'on[6] m'écoute avec moins de regret,
Et que trop attentive à ce récit funeste,
En faveur de Titus vous pardonnez le reste.
Enfin, après un siège aussi cruel que lent,
Il dompta les mutins, reste pâle et sanglant
Des flammes, de la faim, des fureurs intestines[7],
Et laissa leurs remparts cachés sous leurs ruines.
Rome vous vit, Madame, arriver avec lui.
Dans l'Orient désert quel devint mon ennui[8] !
Je demeurai longtemps errant dans Césarée[9],

1. *Nom* : renom. \ 2. *Au défaut* : à défaut. \ 3. *Mort trop peu certaine* : Antiochus rappelle l'épisode qu'Arsace lui a lui-même rappelé aux vers 111-114. \ 4. *Fureur* : violence guerrière. \ 5. *Attendu à* : assuré d'avoir. \ 6. *On* : désigne Bérénice. \ 7. *Des fureurs intestines* : des déchirements internes. \ 8. *Ennui* : sens fort de tourment moral. \ 9. *Césarée* : lieu de résidence de l'autorité romaine en Judée.

Lieux charmants[1] où mon cœur vous avait adorée.
Je vous redemandais à vos tristes[2] États,
Je cherchais en pleurant les traces de vos pas.
Mais enfin succombant à ma mélancolie,
Mon désespoir tourna mes pas vers l'Italie.
Le sort m'y réservait le dernier de ses coups.
Titus en m'embrassant m'amena devant vous.
Un voile d'amitié vous trompa l'un et l'autre;
Et mon amour devint le confident du vôtre.
Mais toujours quelque espoir flattait mes déplaisirs[3],
Rome, Vespasien, traversaient[4] vos soupirs.
Après tant de combats Titus cédait peut-être.
Vespasien est mort, et Titus est le maître.
Que ne fuyais-je alors! J'ai voulu quelques jours
De son nouvel empire examiner le cours.
Mon sort est accompli. Votre gloire s'apprête,
Assez d'autres sans moi, témoins de cette fête,
À vos heureux transports viendront joindre les leurs.
Pour moi, qui ne pourrais y mêler que des pleurs,
D'un inutile amour trop constante victime,
Heureux dans mes malheurs d'en avoir pu sans crime
Conter toute l'histoire aux yeux qui les ont faits,
Je pars plus amoureux que je ne fus jamais.

BÉRÉNICE

Seigneur, je n'ai pas cru[5] que dans une journée
Qui doit avec César[6] unir ma destinée,
Il fût quelque mortel qui pût impunément

1. *Charmants*: qui charment, qui ensorcellent (au sens premier des charmes de la magie). \ 2. *Tristes*: tournure imitée du latin. Il faut comprendre « tristement ». \ 3. *Flattait mes déplaisirs*: trompaient mes souffrances, me les faisaient oublier de façon illusoire. \ 4. *Traversaient vos soupirs*: faisaient obstacle à vos soupirs. \ 5. *Je n'ai pas cru*: je n'aurais pas cru (syntaxe imitée du latin). \ 6. *César*: titre officiel qui désigne tout empereur (ici Titus).

Se venir à mes yeux déclarer mon amant.
Mais de mon amitié mon silence est un gage,
J'oublie en sa faveur un discours qui m'outrage.
Je n'en ai point troublé le cours[1] injurieux.
Je fais plus. À regret je reçois vos adieux.
Le ciel sait qu'au milieu des honneurs qu'il m'envoie,
Je n'attendais que vous pour témoin de ma joie.
Avec tout l'univers j'honorais vos vertus ;
Titus vous chérissait, vous admiriez Titus.
Cent fois je me suis fait une douceur extrême
D'entretenir Titus dans un autre lui-même.

ANTIOCHUS

Et c'est ce que je fuis. J'évite, mais trop tard,
Ces cruels entretiens, où je n'ai point de part.
Je fuis Titus. Je fuis ce nom qui m'inquiète[2],
Ce nom qu'à tous moments votre bouche répète.
Que vous dirai-je enfin ? Je fuis des yeux distraits
Qui me voyant toujours, ne me voyaient jamais.
Adieu, je vais, le cœur trop plein de votre image,
Attendre, en vous aimant la mort pour mon partage[3].
Surtout ne craignez point qu'une aveugle douleur
Remplisse l'univers du bruit de mon malheur,
Madame ; le seul bruit[4] d'une mort que j'implore,
Vous fera souvenir que je vivais encore.
Adieu.

1. *Cours* : déroulement. \ **2.** *M'inquiète* : m'ôte tout repos. \ **3.** *Mon partage* : ce qui me revient en partage. \ **4.** *Bruit* : annonce, rumeur.

Scène 5

BÉRÉNICE, PHÉNICE

PHÉNICE

Que je le plains ! Tant de fidélité,
Madame, méritait plus de prospérité.
Ne le plaignez-vous pas ?

BÉRÉNICE

Cette prompte retraite
Me laisse, je l'avoue, une douleur secrète.

PHÉNICE

Je l'aurais retenu.

BÉRÉNICE

Qui moi ? le retenir ?
J'en dois perdre plutôt jusques au souvenir.
Tu veux donc que je flatte une ardeur insensée ?

PHÉNICE

Titus n'a point encore expliqué sa pensée.
Rome vous voit, Madame, avec des yeux jaloux[1],
La rigueur de ses lois m'épouvante pour vous.
L'hymen chez les Romains n'admet qu'une Romaine.
Rome hait tous les rois, et Bérénice est reine.

BÉRÉNICE

Le temps n'est plus, Phénice, où je pouvais trembler.
Titus m'aime, il peut tout, il n'a plus qu'à parler.
Il verra le sénat m'apporter ses hommages,
Et le peuple, de fleurs couronner ses images.

1. *Jaloux* : hostiles.

TEXTE 17

De cette nuit, Phénice, as-tu vu la splendeur ?
Tes yeux ne sont-ils pas tout pleins de sa grandeur ?
Ces flambeaux, ce bûcher[1], cette nuit enflammée,
Ces aigles[2], ces faisceaux[3], ce peuple, cette armée,
Cette foule de rois, ces consuls, ce sénat,
Qui tous, de mon amant empruntaient leur éclat ;
Cette pourpre, cet or, que rehaussait sa gloire,
Et ces lauriers encor témoins[4] de sa victoire.
Tous ces yeux qu'on voyait venir de toutes parts
Confondre[5] sur lui seul leurs avides regards ;
Ce port majestueux, cette douce présence.
Ciel ! avec quel respect et quelle complaisance,
Tous les cœurs en secret l'assuraient de leur foi[6] !
Parle. Peut-on le voir sans penser comme moi,
Qu'en quelque obscurité que le sort l'eût fait naître,
Le monde, en le voyant, eût reconnu son maître ?
Mais, Phénice, où m'emporte un souvenir charmant ?
Cependant Rome entière, en ce même moment,
Fait des vœux pour Titus, et par des sacrifices
De son règne naissant célèbre les prémices[7].
Que tardons-nous ? Allons, pour son empire heureux[8]
Au ciel, qui le protège, offrir aussi nos vœux.
Aussitôt, sans l'attendre, et sans être attendue,
Je reviens le chercher, et dans cette entrevue
Dire tout ce qu'aux cœurs l'un de l'autre contents
Inspirent des transports retenus si longtemps.

1. *Bûcher* : bûcher sur lequel on brûle le corps de l'empereur défunt lors de l'apothéose. \ **2.** *Aigles* : enseignes militaires romaines. \ **3.** *Faisceaux* : tiges liées autour d'une hache qui symbolisaient le pouvoir exécutif romain. \ **4.** *Témoins* : témoignages. \ **5.** *Confondre* : fondre ensemble. \ **6.** *Foi* : fidélité. \ **7.** *Prémices* : heureux commencements. \ **8.** *Pour son empire heureux* : pour le bonheur de son empire (construction latine).

Acte II

Scène première

TITUS, PAULIN, SUITE

TITUS

A-t-on vu de ma part le roi de Comagène ?
Sait-il que je l'attends ?

PAULIN

J'ai couru chez la reine.
Dans son appartement ce Prince avait paru,
Il en était sorti lorsque j'y suis couru[1].
De vos ordres, Seigneur, j'ai dit qu'on l'avertisse.

TITUS

Il suffit. Et que fait la reine Bérénice ?

PAULIN

La reine, en ce moment, sensible à vos bontés,
Charge le ciel de vœux pour vos prospérités.
Elle sortait, Seigneur.

TITUS

Trop aimable[2] Princesse !
Hélas !

---

1. *J'y suis couru* : j'y suis arrivé en courant. \ 2. *Aimable* : digne d'être aimée.

PAULIN

En sa faveur d'où naît cette tristesse ?
L'Orient presque entier va fléchir sous sa loi.
Vous la plaignez ?

TITUS

Paulin, qu'on vous laisse avec moi.

Scène 2

TITUS, PAULIN

TITUS

Hé bien ! de mes desseins Rome encore incertaine
Attend que[1] deviendra le destin de la reine,
Paulin, et les secrets de son cœur et du mien
Sont de tout l'univers devenus l'entretien[2].
Voici le temps enfin qu'il faut[3] que je m'explique.
De la reine et de moi que dit la voix publique ?
Parlez. Qu'entendez-vous ?

PAULIN

J'entends de tous côtés
Publier[4] vos vertus, Seigneur, et ses beautés.

TITUS

Que dit-on des soupirs que je pousse pour elle ?
Quel succès[5] attend-on d'un amour si fidèle ?

1. *Attend que* : attend de voir ce que (construction latine). \ **2.** *Entretien :* conversation. \ **3.** *Qu'il faut* : où il faut. \ **4.** *Publier* : louer publiquement. \ **5.** *Succès* : issue.

PAULIN

Vous pouvez tout. Aimez, cessez d'être amoureux.
La cour sera toujours du parti de vos vœux.

TITUS

Et je l'ai vue aussi cette cour peu sincère,
À ses maîtres toujours trop soigneuse de plaire,
Des crimes de Néron[1] approuver les horreurs,
Je l'ai vue à genoux consacrer[2] ses fureurs.
Je ne prends point pour juge une cour idolâtre,
Paulin. Je me propose un plus noble théâtre ;
Et sans prêter l'oreille à la voix des flatteurs,
Je veux par votre bouche entendre tous les cœurs.
Vous me l'avez promis. Le respect et la crainte
Ferment autour de moi le passage à la plainte.
Pour mieux voir, cher Paulin, et pour entendre mieux,
Je vous ai demandé des oreilles, des yeux.
J'ai mis même à ce prix mon amitié secrète,
J'ai voulu que des cœurs vous fussiez l'interprète,
Qu'au travers des flatteurs votre sincérité
Fît toujours jusqu'à moi passer la vérité.
Parlez donc. Que faut-il que Bérénice espère ?
Rome lui sera-t-elle indulgente, ou sévère ?
Dois-je croire qu'assise au trône des Césars
Une si belle reine offensât ses regards ?

PAULIN

N'en doutez point, Seigneur. Soit raison, soit caprice,
Rome ne l'attend point pour son impératrice.
On sait qu'elle est charmante. Et de si belles mains

1. *Néron* : empereur romain de 54 à 68 dont le règne fut marqué par une extrême cruauté (meurtre de sa mère Agrippine, de sa femme Octavie). Devenu un despote sanguinaire et proche de la folie, il se suicida. \ 2. *Consacrer* : honorer.

Semblent vous demander l'empire des humains.
Elle a même, dit-on, le cœur d'une Romaine.
Elle a mille vertus. Mais, Seigneur, elle est reine.
Rome, par une loi qui ne se peut changer,
N'admet avec son sang aucun sang étranger,
Et ne reconnaît point les fruits illégitimes,
Qui naissent d'un hymen contraire à ses maximes[1].
D'ailleurs, vous le savez, en bannissant ses rois[2],
Rome à ce nom si noble, et si saint autrefois,
Attacha pour jamais une haine puissante;
Et quoiqu'à ses Césars fidèle, obéissante,
Cette haine, Seigneur, reste de sa fierté,
Survit dans tous les cœurs après la liberté.
Jules[3], qui le premier la soumit à ses armes,
Qui fit taire les lois dans le bruit des alarmes,
Brûla pour Cléopâtre, et, sans se déclarer,
Seule dans l'Orient la laissa soupirer.
Antoine[4] qui l'aima jusqu'à l'idolâtrie,
Oublia dans son sein sa gloire et sa patrie,
Sans oser toutefois se nommer son époux.
Rome l'alla chercher jusques à ses genoux,
Et ne désarma point sa fureur vengeresse,
Qu'elle n'eût accablé l'amant et la maîtresse.
Depuis ce temps, Seigneur, Caligula[5], Néron[6],
Monstres dont à regret je cite ici le nom,

1. *Maximes* : lois. \ **2.** *En bannissant ses rois* : aux origines mythiques de la fondation de Rome, la royauté sanguinaire de Tarquin le Superbe (534-509) poussa les Romains à refuser toute nouvelle forme de royauté. \ **3.** *Jules* : Jules César (101-44), qui rompit les lois du régime républicain en prenant le pouvoir en 49 av. J.-C. Il devint l'amant de la reine d'Égypte, Cléopâtre. Il fut assassiné en 44 au milieu du Sénat pour avoir instauré un régime quasi monarchique. \ **4.** *Antoine* : Marc-Antoine (83-30 av. J.-C.). Général romain, il devient l'amant de Cléopâtre avec laquelle il s'allie contre Rome. Ils sont vaincus en 31 à Actium par Octave (futur Auguste, premier empereur de Rome) et se suicident. \ **5.** *Caligula* : empereur romain de 37 à 41. Fou et sanguinaire, il finit assassiné. \ **6.** *Néron* : voir note 1, p. 33.

Et qui ne conservant que la figure d'homme,
Foulèrent à leurs pieds toutes les lois de Rome,
Ont craint cette loi seule, et n'ont point à nos yeux
Allumé le flambeau[1] d'un hymen odieux.
Vous m'avez commandé sur tout d'être sincère.
De l'affranchi Pallas[2] nous avons vu le frère,
Des fers de Claudius Félix encor flétri[3],
De deux reines, Seigneur, devenir le mari[4] ;
Et s'il faut jusqu'au bout que je vous obéisse,
Ces deux reines étaient du sang de Bérénice.
Et vous croiriez pouvoir, sans blesser nos regards,
Faire entrer une reine au lit de nos Césars,
Tandis que l'Orient dans le lit de ses reines
Voit passer un esclave au sortir de nos chaînes ?
C'est ce que les Romains pensent de votre amour.
Et je ne réponds pas[5], avant la fin du jour
Que le sénat, chargé des vœux de tout l'empire,
Ne vous redise ici ce que je viens de dire :
Et que Rome avec lui tombant à vos genoux,
Ne vous demande un choix digne d'elle et de vous.
Vous pouvez préparer, Seigneur, votre réponse.

TITUS

Hélas ! À quel amour on veut que je renonce !

TEXTE 6

1. *Flambeau* : on allumait des torches lors des mariages. \ 2. *L'affranchi Pallas* : un affranchi est un ancien esclave à qui l'on redonne sa liberté. Pallas est un exemple de l'ascension sociale et politique de certains affranchis sous l'empire romain : favori de l'empereur Claude (*Claudius*, 41-54), il le poussa à épouser Agrippine (mère de Néron) avant de le faire tuer. \ 3. *Félix encor flétri* : Félix, frère de Pallas, encore marqué de déshonneur (*flétri*) par les chaînes (*les fers*) de l'esclavage, puisque lui aussi était l'affranchi de l'empereur. \ 4. *De deux* [...] *le mari* : Félix devint procurateur (représentant de l'autorité romaine) de Judée et épousa Drusilla, sœur d'Agrippa et de Bérénice, avant de prendre une autre épouse. \ 5. *Je ne réponds pas* : je ne garantis pas.

Paulin

Cet amour est ardent, il le faut confesser.

Titus

Plus ardent mille fois que tu ne peux penser,
Paulin. Je me suis fait un plaisir nécessaire
De la voir chaque jour, de l'aimer, de lui plaire.
J'ai fait plus. Je n'ai rien de secret à tes yeux.
J'ai pour elle cent fois rendu grâces aux dieux,
D'avoir choisi mon père au fond de l'Idumée [1],
D'avoir rangé sous lui l'Orient et l'armée,
Et soulevant encor le reste des humains,
Remis Rome sanglante [2] en ses paisibles mains.
J'ai même souhaité la place de mon père,
Moi, Paulin, qui cent fois, si le sort moins sévère
Eût voulu de sa vie étendre les liens [3],
Aurais donné mes jours pour prolonger les siens.
Tout cela (qu'un amant sait mal ce qu'il désire !)
Dans l'espoir d'élever Bérénice à l'empire,
De reconnaître un jour son amour et sa foi,
Et de voir à ses pieds tout le monde avec moi.
Malgré tout mon amour, Paulin, et tous ses charmes,
Après mille serments appuyés de mes larmes,
Maintenant que je puis couronner tant d'attraits,
Maintenant que je l'aime encor plus que jamais,
Lorsqu'un heureux hymen, joignant nos destinées
Peut payer en un jour les vœux de cinq années ;
Je vais, Paulin... Ô ciel ! puis-je le déclarer ?

1. *Idumée* : région du sud de la Judée. C'est là que Vespasien fut proclamé empereur, pendant les troubles qui agitaient la région. \ 2. *Rome sanglante* : ce fut une période d'extrême instabilité politique à Rome puisque quatre empereurs furent renversés de juin 68 à décembre 69 (Néron, Galba, Othon, Vitellius). \ 3. *De sa vie étendre les liens* : prolonger les limites de sa vie.

PAULIN

Quoi, Seigneur ?

TITUS

Pour jamais je vais m'en séparer.
Mon cœur en ce moment ne vient pas de se rendre.
Si je t'ai fait parler, si j'ai voulu t'entendre,
Je voulais que ton zèle achevât en secret
De confondre[1] un amour qui se tait à regret.
Bérénice a longtemps balancé la victoire[2].
Et si je penche enfin du côté de ma gloire[3],
Crois qu'il m'en a coûté, pour vaincre tant d'amour,
Des combats dont mon cœur saignera plus d'un jour.
J'aimais, je soupirais dans une paix profonde :
Un autre était chargé de l'empire du monde ;
Maître de mon destin, libre dans mes soupirs,
Je ne rendais qu'à moi compte de mes désirs.
Mais à peine le ciel eut rappelé mon père,
Dès que ma triste main eut fermé sa paupière,
De mon aimable erreur[4] je fus désabusé,
Je sentis le fardeau qui m'était imposé.
Je connus[5] que bientôt loin d'être à ce que j'aime,
Il fallait, cher Paulin, renoncer à moi-même,
Et que le choix des dieux, contraire à mes amours,
Livrait à l'univers le reste de mes jours.
Rome observe aujourd'hui ma conduite nouvelle.
Quelle honte pour moi ! Quel présage pour elle,
Si dès le premier pas, renversant tous ses droits,
Je fondais mon bonheur sur le débris des lois !
Résolu d'accomplir ce cruel sacrifice,

TEXTE 18

1. *Confondre* : détruire. \ 2. *A longtemps balancé la victoire* : a longtemps mis la victoire sur moi-même en suspens. \ 3. *Gloire* : grandeur morale ici. \ 4. *Aimable erreur* : illusion qui charme. \ 5. *Connus* : compris.

J'y voulus préparer la triste Bérénice.
Mais par où commencer ? Vingt fois depuis huit jours
J'ai voulu devant elle en ouvrir le discours,
Et dès le premier mot ma langue embarrassée
Dans ma bouche vingt fois a demeuré[1] glacée.
J'espérais que du moins mon trouble et ma douleur
Lui feraient pressentir notre commun malheur.
Mais sans me soupçonner, sensible à mes alarmes[2],
Elle m'offre sa main pour essuyer mes larmes,
Et ne prévoit rien moins dans cette obscurité[3],
Que la fin d'un amour qu'elle a trop mérité[4].
Enfin j'ai ce matin rappelé ma constance.
Il faut la voir, Paulin, et rompre le silence.
J'attends Antiochus, pour lui recommander
Ce dépôt précieux que je ne puis garder.
Jusque dans l'Orient je veux qu'il la remène[5].
Demain Rome avec lui verra partir la reine.
Elle en sera bientôt instruite par ma voix,
Et je vais lui parler pour la dernière fois.

Paulin

Je n'attendais pas moins de cet amour de gloire
Qui partout après vous attacha la victoire.
La Judée asservie et ses remparts fumants,
De cette noble ardeur éternels monuments,
Me répondaient[6] assez que votre grand courage
Ne voudrait pas, Seigneur, détruire son ouvrage,
Et qu'un héros vainqueur de tant de nations
Saurait bien, tôt ou tard, vaincre ses passions.

1. *A demeuré* : est demeuré. \ **2.** *Alarmes* : angoisses. \ **3.** *Obscurité* : ignorance (sens figuré). \ **4.** *Amour* [...] *mérité* : un amour qu'elle a tout fait pour mériter. \ **5.** *Remène* : ramène. \ **6.** *Répondaient* : garantissaient.

TITUS

Ah ! que sous de beaux noms cette gloire est cruelle !
Combien mes tristes yeux la trouveraient plus belle,
S'il ne fallait encor qu'affronter le trépas !
Que dis-je ? Cette ardeur que j'ai pour ses appas [1],
Bérénice en mon sein l'a jadis allumée.
Tu ne l'ignores pas, toujours la renommée [2]
Avec le même éclat n'a pas semé [3] mon nom,
Ma jeunesse, nourrie [4] à la cour de Néron
S'égarait, cher Paulin, par l'exemple abusée [5],
Et suivait du plaisir la pente trop aisée.
Bérénice me plut. Que ne fait point un cœur
Pour plaire à ce qu'il aime, et gagner son vainqueur !
Je prodiguai mon sang ; tout fit place à mes armes.
Je revins triomphant. Mais le sang et les larmes
Ne me suffisaient pas pour mériter ses vœux.
J'entrepris le bonheur de mille malheureux.
On vit de toutes parts mes bontés se répandre ;
Heureux et plus heureux que tu ne peux comprendre
Quand je pouvais paraître à ses yeux satisfaits
Chargé de mille cœurs conquis par mes bienfaits.
Je lui dois tout, Paulin. Récompense cruelle !
Tout ce que je lui dois va retomber sur elle.
Pour prix de tant de gloire et de tant de vertus,
Je lui dirai partez, et ne me voyez plus.

PAULIN

Hé quoi, Seigneur ! hé quoi ! cette magnificence
Qui va jusqu'à l'Euphrate [6] étendre sa puissance,

1. *Ses appas* : les appas de la gloire. \ **2.** *Renommée* : personnification traditionnelle, héritée de l'Antiquité. \ **3.** *Semé* : répandu. \ **4.** *Nourrie* : élevée. \ **5.** *Par l'exemple abusée* : abusée par l'exemple. \ **6.** *Euphrate* : fleuve qui se situe aujourd'hui en Irak et qui marque la limite de l'empire romain.

Tant d'honneurs, dont l'excès a surpris le sénat,
Vous laissent-ils encor craindre le nom d'ingrat ?
Sur cent peuples nouveaux Bérénice commande.

Titus

Faibles amusements d'une douleur si grande !
Je connais Bérénice, et ne sais que trop bien
Que son cœur n'a jamais demandé que le mien.
Je l'aimai, je lui plus. Depuis cette journée[1],
(Dois-je dire funeste, hélas ! ou fortunée ?)
Sans avoir en aimant d'objet que son amour,
Étrangère dans Rome, inconnue à la cour,
Elle passe ses jours, Paulin, sans rien prétendre
Que quelque heure à me voir, et le reste à m'attendre.
Encor si quelquefois un peu moins assidu
Je passe[2] le moment, où je suis attendu,
Je la revois bientôt de pleurs toute trempée.
Ma main à les sécher est longtemps occupée.
Enfin tout ce qu'Amour a de nœuds plus puissants,
Doux reproches, transports sans cesse renaissants,
Soin de plaire sans art[3], crainte toujours nouvelle,
Beauté, gloire, vertu, je trouve tout en elle.
Depuis cinq ans entiers chaque jour je la vois,
Et crois toujours la voir pour la première fois.
N'y songeons plus. Allons, cher Paulin, plus j'y pense,
Plus je sens chanceler ma cruelle constance.
Quelle nouvelle, ô ciel ! je lui vais annoncer !
Encore un coup[4], allons, il n'y faut plus penser.
Je connais mon devoir, c'est à moi de le suivre
Je n'examine point si j'y pourrai survivre.

1. *Cette journée* : ce jour où je l'aimai et je lui plus. \ 2. *Passe* : laisse passer. \ 3. *Art* : artifice. \ 4. *Encore un coup* : encore une fois.

Scène 3

TITUS, PAULIN, RUTILE

RUTILE

Bérénice, Seigneur, demande à vous parler.

TITUS

Ah Paulin !

PAULIN

Quoi ? déjà vous semblez reculer !
De vos nobles projets, Seigneur, qu'il vous souvienne[1],
Voici le temps.

TITUS

Hé bien, voyons-la. Qu'elle vienne.

Scène 4

BÉRÉNICE, TITUS, PAULIN, PHÉNICE

BÉRÉNICE

Ne vous offensez pas, si mon zèle indiscret
De votre solitude interrompt le secret.
Tandis qu'autour de moi votre cour assemblée
Retentit des bienfaits dont vous m'avez comblée,
Est-il juste, Seigneur, que seule en ce moment
Je demeure sans voix et sans ressentiment[2] ?
Mais, Seigneur, (car je sais que cet ami sincère
Du secret de nos cœurs connaît tout le mystère)

1. *Qu'il vous souvienne* : souvenez-vous (tournure impersonnelle). \ 2. *Ressentiment* : reconnaissance (sens particulier ici, le sens le plus fréquent étant la haine).

Votre deuil est fini, rien n'arrête vos pas,
Vous êtes seul enfin, et ne me cherchez pas.
J'entends [1] que vous m'offrez un nouveau diadème [2],
Et ne puis cependant vous entendre vous-même.
Hélas ! plus de repos, Seigneur, et moins d'éclat.
Votre amour ne peut-il paraître qu'au sénat ?
Ah Titus ! car enfin l'amour fuit la contrainte
De tous ces noms, que suit le respect et la crainte [3].
De quel soin votre amour va-t-il s'importuner ?
N'a-t-il que des États qu'il me puisse donner ?
Depuis quand croyez-vous que ma grandeur me touche ?
Un soupir, un regard, un mot de votre bouche,
Voilà l'ambition d'un cœur comme le mien.
Voyez-moi plus souvent et ne me donnez rien.
Tous vos moments sont-ils dévoués à l'empire ?
Ce cœur, après huit jours, n'a-t-il rien à me dire ?
Qu'un mot va rassurer mes timides [4] esprits !
Mais parliez-vous de moi quand je vous ai surpris ?
Dans vos secrets discours étais-je intéressée [5],
Seigneur ? Étais-je au moins présente à la pensée ?

TITUS

N'en doutez point, Madame ; et j'atteste les dieux
Que toujours Bérénice est présente à mes yeux.
L'absence ni le temps, je vous le jure encore,
Ne vous peuvent ravir ce cœur qui vous adore.

BÉRÉNICE

Hé quoi ? vous me jurez une éternelle ardeur,

1. *J'entends* : j'entends dire. \ **2.** *Diadème* : couronne, signe du pouvoir (du pouvoir royal en général). \ **3.** *De tous* [...] *la crainte* : tous les noms que l'on donne par respect et par crainte. *Suit* est au singulier car il s'accorde avec le sujet le plus proche (latinisme). \ **4.** *Timides* : emplis de crainte. \ **5.** *Étais-je intéressée* : faisais-je partie de ce qui vous intéressez.

Et vous me la jurez avec cette froideur ?
Pourquoi même du ciel attester la puissance ?
Faut-il par des serments vaincre ma défiance ?
Mon cœur ne prétend point, Seigneur, vous démentir,
Et je vous en croirai sur un simple soupir.

TITUS

Madame…

BÉRÉNICE

Hé bien Seigneur ? Mais quoi, sans me répondre
Vous détournez les yeux, et semblez vous confondre[1] !
Ne m'offrirez-vous plus qu'un visage interdit ?
Toujours la mort d'un père occupe votre esprit ?
Rien ne peut-il charmer[2] l'ennui[3] qui vous dévore ?

TITUS

Plût au ciel que mon père, hélas, vécût encore !
Que je vivais heureux !

BÉRÉNICE

Seigneur, tous ces regrets
De votre piété[4] sont de justes effets :
Mais vos pleurs ont assez honoré sa mémoire,
Vous devez d'autres soins à Rome, à votre gloire :
De mon propre intérêt je n'ose vous parler.
Bérénice autrefois pouvait vous consoler.
Avec plus de plaisir vous m'avez écoutée.
De combien de malheurs pour vous persécutée,
Vous ai-je pour un mot sacrifié mes pleurs[5] ?
Vous regrettez un père. Hélas, faibles douleurs !

1. *Vous confondre* : vous troubler. \ **2.** *Charmer* : adoucir par enchantement. \ **3.** *Ennui* : chagrin (sens fort). \ **4.** *Piété* : dévotion et respect qu'un enfant doit à ses parents (piété filiale). \ **5.** *Pour un mot* […] *pleurs* : pour vous entendre ou vous parler, j'ai mis fin à mes pleurs.

Et moi (ce souvenir me fait frémir encore)
On voulait m'arracher de tout ce que j'adore,
Moi, dont vous connaissez le trouble et le tourment,
Quand vous ne me quittez que pour quelque moment,
Moi, qui mourrais le jour qu'on [1] voudrait m'interdire
De vous...

TITUS

Madame, hélas! que me venez-vous dire?
Quel temps [2] choisissez-vous? Ah de grâce! arrêtez.
C'est trop pour un ingrat prodiguer vos bontés.

BÉRÉNICE

Pour un ingrat, Seigneur! Et le pouvez-vous être?
Ainsi donc mes bontés vous fatiguent peut-être?

TITUS

Non, Madame. jamais, puisqu'il faut vous parler,
Mon cœur de plus de feux ne se sentit brûler.
Mais...

BÉRÉNICE

Achevez.

TITUS

Hélas!

BÉRÉNICE

Parlez.

TITUS

Rome... l'empire...

1. *Qu'on* : où l'on. \ **2.** *Quel temps* : quel moment.

BÉRÉNICE

Hé bien ?

TITUS

Sortons, Paulin, je ne lui puis rien dire.

Scène 5

BÉRÉNICE, PHÉNICE

BÉRÉNICE

Quoi me quitter sitôt, et ne me dire rien ?
Chère Phénice, hélas ! quel funeste entretien !
Qu'ai-je fait ? Que veut-il ? Et que dit ce silence ?

PHÉNICE

Comme vous, je me perds d'autant plus que j'y pense [1].
Mais ne s'offre-t-il rien à votre souvenir
Qui contre vous, Madame, ait pu le prévenir [2] ?
Voyez, examinez.

BÉRÉNICE

Hélas ! tu peux m'en croire,
Plus je veux du passé rappeler la mémoire,
Du jour que [3] je le vis jusqu'à ce triste jour,
Plus je vois qu'on me peut reprocher trop d'amour.
Mais tu nous entendais. Il ne faut rien me taire
Parle. N'ai-je rien dit qui lui puisse déplaire ?
Que sais-je ? J'ai peut-être avec trop de chaleur
Rabaissé ses présents, ou blâmé sa douleur.

1. *Je me perds* […] *j'y pense* : plus j'y pense et plus je m'y perds. \ 2. *Prévenir* : influencer négativement.\ 3. *Que* : où.

N'est-ce point que de Rome il redoute la haine ?
Il craint peut-être, il craint d'épouser une reine.
Hélas ! s'il était vrai... Mais non, il a cent fois
Rassuré mon amour contre leurs dures lois[1] ;
Cent fois... Ah ! qu'il m'explique un silence si rude :
Je ne respire pas dans cette incertitude.
Moi, je vivrais, Phénice, et je pourrais penser
Qu'il me néglige, ou bien que j'ai pu l'offenser ?
Retournons sur ses pas. Mais quand je m'examine,
Je crois de ce désordre entrevoir l'origine,
Phénice, il aura su tout ce qui s'est passé.
L'amour d'Antiochus l'a peut-être offensé.
Il attend, m'a-t-on dit, le roi de Comagène.
Ne cherchons point ailleurs le sujet de ma peine.
Sans doute ce chagrin qui vient de m'alarmer
N'est qu'un léger soupçon facile à désarmer.
Je ne te vante point cette faible victoire,
Titus. Ah ! plût au ciel, que sans blesser ta gloire,
Un rival plus puissant voulût tenter ma foi[2],
Et pût mettre à mes pieds plus d'empires que toi,
Que de sceptres sans nombre il pût payer ma flamme,
Que ton amour n'eût rien à donner que ton âme ;
C'est alors, cher Titus, qu'aimé, victorieux,
Tu verrais de quel prix ton cœur est à mes yeux.
Allons, Phénice, un mot pourra le satisfaire.
Rassurons-nous, mon cœur, je puis encor lui plaire.
Je me comptais trop tôt au rang des malheureux.
Si Titus est jaloux, Titus est amoureux.

1. *Leur* [...] *lois* : les lois des Romains. \ 2. *Tenter ma foi* : mettre ma fidélité à l'épreuve.

Acte III

Scène première

TITUS, ANTIOCHUS, ARSACE

TITUS

Quoi, Prince ! vous partiez ? Quelle raison subite
Presse votre départ, ou plutôt votre fuite ?
Vouliez-vous me cacher jusques à [1] vos adieux ?
Est-ce comme ennemi que vous quittez ces lieux ?
Que diront avec moi la cour, Rome, l'empire ?
Mais comme votre ami que ne puis-je point dire ?
De quoi m'accusez-vous ? Vous avais-je sans choix [2]
Confondu jusqu'ici dans la foule des rois ?
Mon cœur vous fut ouvert tant qu'a vécu mon père.
C'était le seul présent que je pouvais vous faire.
Et lorsque avec mon cœur ma main peut s'épancher,
Vous fuyez mes bienfaits tout prêts à vous chercher ?
Pensez-vous qu'oubliant ma fortune [3] passée
Sur ma seule grandeur j'arrête ma pensée ?
Et que tous mes amis s'y présentent de loin
Comme autant d'inconnus dont je n'ai plus besoin ?
Vous-même, à mes regards qui vouliez vous soustraire,
Prince, plus que jamais vous m'êtes nécessaire.

---

1. *Jusques à* : jusqu'à. \ **2.** *Sans choix* : sans discernement. \ **3.** *Fortune* : situation créée par le destin.

ANTIOCHUS

Moi, Seigneur ?

TITUS

Vous.

ANTIOCHUS

Hélas ! d'un prince malheureux,
Que pouvez-vous, Seigneur, attendre que[1] des vœux ?

TITUS

Je n'ai pas oublié, Prince, que ma victoire
Devait à vos exploits la moitié de sa gloire,
Que Rome vit passer au nombre des vaincus
Plus d'un captif chargé des fers d'Antiochus,
Que dans le Capitole[2] elle voit attachées
Les dépouilles des Juifs par vos mains arrachées,
Je n'attends pas de vous de ces sanglants exploits[3],
Et je veux seulement emprunter[4] votre voix.
Je sais que Bérénice à vos soins redevable[5]
Croit posséder en vous un ami véritable.
Elle ne voit dans Rome et n'écoute que vous.
Vous ne faites qu'un cœur et qu'une âme avec nous.
Au nom d'une amitié si constante, et si belle,
Employez le pouvoir que vous avez sur elle.
Voyez-la de ma part.

ANTIOCHUS

Moi, paraître à ses yeux ?
La reine pour jamais a reçu mes adieux.

---

1. *Que* : d'autre que. \ **2.** *Capitole* : à Rome, colline sur laquelle se déroulaient les cérémonies du triomphe. Le général vainqueur y défilait avec ses troupes accompagnées des ennemis vaincus et des corps des victimes ennemies. \ **3.** *Je n'attends* [...] *exploits* : je n'attends pas de vous de tels exploits sanglants. \ **4.** *Emprunter* : utiliser. \ **5.** *À vos soins redevable* : reconnaissante des marques d'intérêt que vous lui avez portées.

TITUS

Prince, il faut que pour moi vous lui parliez encore.

ANTIOCHUS

Ah ! parlez-lui, Seigneur, la reine vous adore.
Pourquoi vous dérober vous-même en ce moment
Le plaisir de lui faire un aveu si charmant ?
Elle l'attend, Seigneur, avec impatience.
Je réponds, en partant, de son obéissance,
Et même elle m'a dit que prêt à l'épouser,
Vous ne la verrez plus que pour l'y disposer.

TITUS

Ah ! qu'un aveu si doux aurait lieu de me plaire !
Que je serais heureux, si j'avais à le faire !
Mes transports aujourd'hui s'attendaient d'éclater[1].
Cependant aujourd'hui, Prince, il faut la quitter.

ANTIOCHUS

La quitter ! Vous, Seigneur ?

TITUS

Telle est ma destinée,
Pour elle et pour Titus il n'est plus d'hyménée.
D'un espoir si charmant je me flattais en vain.
Prince, il faut avec vous qu'elle parte demain.

ANTIOCHUS

Qu'entends-je ? Ô ciel !

TITUS

Plaignez ma grandeur importune[2].
Maître de l'univers, je règle sa fortune[3].

1. *D'éclater* : à éclater. \ **2.** *Importune* : qui gêne. \ **3.** *Sa fortune* : son cours.

Je puis faire les rois, je puis les déposer[1].
Cependant de mon cœur je ne puis disposer.
Rome contre les rois de tout temps soulevée,
Dédaigne une beauté dans la pourpre[2] élevée,
L'éclat du diadème, et cent rois pour aïeux
Déshonorent ma flamme, et blessent tous les yeux.
Mon cœur, libre d'ailleurs[3], sans craindre les murmures,
Peut brûler à son choix dans des flammes obscures[4],
Et Rome avec plaisir recevrait de ma main
La moins digne beauté qu'elle cache en son sein.
Jules[5] céda lui-même au torrent qui m'entraîne.
Si le peuple demain ne voit partir la reine,
Demain elle entendra ce peuple furieux
Me venir demander son départ à ses yeux.
Sauvons de cet affront mon nom et sa mémoire.
Et puisqu'il faut céder, cédons à notre gloire.
Ma bouche, et mes regards muets depuis huit jours,
L'auront pu préparer à ce triste discours.
Et même en ce moment, inquiète, empressée,
Elle veut qu'à ses yeux j'explique ma pensée.
D'un amant interdit soulagez le tourment.
Épargnez à mon cœur cet éclaircissement.
Allez, expliquez-lui mon trouble et mon silence,
Surtout qu'elle me laisse éviter sa présence.
Soyez le seul témoin de ses pleurs et des miens.
Portez-lui mes adieux, et recevez les siens.
Fuyons tous deux, fuyons un spectacle funeste
Qui de notre constance accablerait le reste[6].
Si l'espoir de régner et de vivre en mon cœur

1. *Déposer* : destituer. \ **2.** *Pourpre* : couleur rouge qui symbolise la royauté. \ **3.** *D'ailleurs* : par ailleurs. \ **4.** *Dans des flammes obscures* : pour des femmes de naissance obscure (par opposition à une naissance illustre). \ **5.** *Jules* : Jules César (amoureux de Cléopâtre). \ **6.** *Le reste* : ce qui reste (de notre constance).

Peut de son infortune adoucir la rigueur;
Ah, Prince ! jurez-lui que toujours trop fidèle,
Gémissant dans ma cour, et plus exilé qu'elle,
Portant jusqu'au tombeau le nom de son amant,
Mon règne ne sera qu'un long bannissement,
Si le ciel, non content de me l'avoir ravie
Veut encor m'affliger par une longue vie.
Vous, que l'amitié seule attache sur ses pas,
Prince, dans son malheur ne l'abandonnez pas.
Que l'Orient vous voie arriver à sa suite;
Que ce soit un triomphe, et non pas une fuite;
Qu'une amitié si belle ait d'éternels liens;
Que mon nom soit toujours dans tous vos entretiens [1].
Pour rendre vos États plus voisins l'un de l'autre,
L'Euphrate bornera son empire et le vôtre.
Je sais que le sénat, tout plein de votre nom [2],
D'une commune voix confirmera ce don.
Je joins la Cilicie [3] à votre Comagène.
Adieu. Ne quittez point ma princesse, ma reine,
Tout ce qui de mon cœur fut l'unique désir,
Tout ce que j'aimerai jusqu'au dernier soupir.

1. *Entretiens* : discussions. \ 2. *Nom* : renom, gloire. \ 3. *La Cilicie* : province romaine située à l'ouest de la Comagène.

Scène 2

ANTIOCHUS, ARSACE

ARSACE

Ainsi le ciel s'apprête à vous rendre justice.
Vous partirez, Seigneur, mais avec Bérénice.
Loin de vous la ravir, on va vous la livrer.

ANTIOCHUS

Arsace, laisse-moi le temps de respirer.
Ce changement est grand, ma surprise est extrême !
Titus entre mes mains remet tout ce qu'il aime !
Dois-je croire, grands dieux ! ce que je viens d'ouïr [1] ?
Et quand je le croirais [2] dois-je m'en réjouir ?

ARSACE

Mais moi-même, Seigneur, que faut-il que je croie ?
Quel obstacle nouveau s'oppose à votre joie ?
Me trompiez-vous tantôt au sortir de ces lieux,
Lorsque encor tout ému de vos derniers adieux,
Tremblant d'avoir osé s'expliquer devant elle,
Votre cœur me contait son audace nouvelle ?
Vous fuyiez un hymen qui vous faisait trembler.
Cet hymen est rompu. Quel soin [3] peut vous troubler ?
Suivez les doux transports où [4] l'amour vous invite.

ANTIOCHUS

Arsace, je me vois chargé de sa conduite [5].
Je jouirai longtemps de ses chers entretiens,
Ses yeux même pourront s'accoutumer aux miens.
Et peut-être son cœur fera la différence

1. *Ouïr* : entendre. \ 2. *Et quand je le croirais* : et si je le crois. \ 3. *Soin* : profonde inquiétude. \ 4. *Où* : auxquels. \ 5. *De sa conduite* : de la reconduire (en Judée).

Des froideurs de Titus à ma persévérance.
Titus m'accable ici du poids de sa grandeur.
Tout disparaît dans Rome auprès de sa splendeur.
Mais, quoique l'Orient soit plein de sa mémoire,
Bérénice y verra des traces de ma gloire.

ARSACE

N'en doutez point, Seigneur, tout succède à[1] vos vœux.

ANTIOCHUS

Ah ! que nous nous plaisons à nous tromper tous deux !

ARSACE

Et pourquoi nous tromper ?

ANTIOCHUS

Quoi ! je lui pourrais plaire !
Bérénice à mes vœux ne serait plus contraire ?
Bérénice d'un mot flatterait[2] mes douleurs ?
Penses-tu seulement que parmi ses malheurs,
Quand l'univers entier négligerait ses charmes,
L'ingrate me permît de lui donner des larmes,
Ou qu'elle s'abaissât jusques à recevoir
Des soins, qu'à mon amour elle croirait devoir ?

ARSACE

Et qui peut mieux que vous consoler sa disgrâce ?
Sa fortune, Seigneur, va prendre une autre face.
Titus la quitte.

ANTIOCHUS

Hélas ! De ce grand changement
Il ne me reviendra que le nouveau tourment

1. *Succède à* : réussit à. \ **2.** *Flatterait* : apaiserait.

D'apprendre par ses pleurs à quel point elle l'aime.
Je la verrai gémir, je la plaindrai moi-même.
Pour fruit[1] de tant d'amour, j'aurai le triste emploi
De recueillir des pleurs qui ne sont pas pour moi.

ARSACE

Quoi ! ne vous plairez-vous qu'à vous gêner[2] sans cesse ?
Jamais dans un grand cœur vit-on plus de faiblesse ?
Ouvrez les yeux, Seigneur, et songeons entre nous
Par combien de raisons Bérénice est à vous.
Puisque aujourd'hui Titus ne prétend plus lui plaire,
Songez que votre hymen lui devient nécessaire.

ANTIOCHUS

Nécessaire !

ARSACE

À ses pleurs accordez quelques jours,
De ses premiers sanglots laissez passer le cours.
Tout parlera pour vous, le dépit[3], la vengeance,
L'absence de Titus, le temps, votre présence,
Trois sceptres[4], que son bras ne peut seul soutenir,
Vos deux États voisins, qui cherchent à s'unir.
L'intérêt, la raison, l'amitié, tout vous lie.

ANTIOCHUS

Oui, je respire, Arsace, et tu me rends la vie.
J'accepte avec plaisir un présage si doux.
Que[5] tardons-nous ? Faisons ce qu'on attend de nous,
Entrons chez Bérénice ; et puisqu'on nous l'ordonne,
Allons lui déclarer que Titus l'abandonne.

---

1. *Fruit* : récompense. \ **2.** *Gêner* : torturer. \ **3.** *Dépit* : ressentiment violent (à la suite d'une déception). \ **4.** *Trois sceptres* : les trois royaumes réunis par Titus et offerts à Bérénice (Palestine, Arabie, Syrie, v. 171-172). \ **5.** *Que* : pourquoi.

Mais plutôt demeurons. Que faisais-je ? Est-ce à moi,
Arsace, à me charger de ce cruel emploi ?
Soit vertu, soit amour[1], mon cœur s'en effarouche.
L'aimable Bérénice entendrait de ma bouche,
Qu'on l'abandonne ! Ah Reine ! Et qui l'aurait pensé
Que ce mot dût jamais vous être prononcé !

ARSACE

La haine sur Titus tombera toute entière.
Seigneur, si vous parlez, ce n'est qu'à sa prière[2].

ANTIOCHUS

Non, ne la voyons point. Respectons sa douleur.
Assez d'autres viendront lui conter son malheur.
Et ne la crois-tu pas assez infortunée
D'apprendre à quel mépris Titus l'a condamnée,
Sans lui donner encor le déplaisir fatal
D'apprendre ce mépris par son propre rival ?
Encore un coup[3], fuyons. Et par cette nouvelle,
N'allons point nous charger d'une haine immortelle.

ARSACE

Ah ! la voici, Seigneur, prenez votre parti.

ANTIOCHUS

Ô ciel !

1. *Soit vertu, soit amour* : soit par vertu, soit par amour. \ 2. *À sa prière* : parce qu'il vous en a prié. \ 3. *Encore un coup* : encore une fois.

Scène 3

BÉRÉNICE, ANTIOCHUS, ARSACE, PHÉNICE

BÉRÉNICE

Hé quoi, Seigneur, vous n'êtes point parti ?

ANTIOCHUS

Madame, je vois bien que vous êtes déçue,
Et que c'était César[1] que cherchait votre vue.
Mais n'accusez que lui, si malgré mes adieux
De ma présence encor j'importune vos yeux.
Peut-être en ce moment je serais dans Ostie,
S'il ne m'eût de sa cour défendu la sortie.

BÉRÉNICE

Il vous cherche vous seul. Il nous évite tous.

ANTIOCHUS

Il ne m'a retenu que pour parler de vous.

BÉRÉNICE

De moi, Prince !

ANTIOCHUS

Oui, Madame.

BÉRÉNICE

Et qu'a-t-il pu vous dire ?

ANTIOCHUS

Mille autres mieux que moi pourront vous en instruire.

1. *César* : Titus (l'empereur).

BÉRÉNICE

Quoi, Seigneur…

ANTIOCHUS

Suspendez votre ressentiment.
D'autres, loin de se taire en ce même moment,
Triompheraient peut-être, et pleins de confiance
Céderaient avec joie à votre impatience.
Mais moi, toujours tremblant, moi, vous le savez bien,
À qui votre repos est plus cher que le mien,
Pour ne le point troubler, j'aime mieux vous déplaire,
Et crains votre douleur plus que votre colère.
Avant la fin du jour vous me justifierez[1].
Adieu, Madame.

BÉRÉNICE

Ô ciel ! Quel discours ! Demeurez.
Prince, c'est trop cacher mon trouble à votre vue.
Vous voyez devant vous une reine éperdue,
Qui la mort dans le sein, vous demande deux mots.
Vous craignez, dites-vous, de troubler mon repos.
Et vos refus cruels, loin d'épargner ma peine,
Excitent ma douleur, ma colère, ma haine.
Seigneur, si mon repos vous est si précieux,
Si moi-même jamais je fus chère à vos yeux,
Éclaircissez le trouble où vous voyez mon âme.
Que vous a dit Titus ?

ANTIOCHUS

Au nom des dieux, Madame…

1. *Justifierez* : rendrez justice.

BÉRÉNICE
Quoi ! vous craignez si peu de me désobéir ?

ANTIOCHUS
Je n'ai qu'à vous parler, pour me faire haïr.

BÉRÉNICE
Je veux que vous parliez.

ANTIOCHUS
Dieux ! quelle violence !
Madame, encore un coup, vous louerez mon silence.

BÉRÉNICE
Prince, dès ce moment contentez mes souhaits,
Ou soyez de ma haine assuré pour jamais.

ANTIOCHUS
Madame, après cela, je ne puis plus me taire.
Hé bien, vous le voulez, il faut vous satisfaire.
Mais ne vous flattez point[1]. Je vais vous annoncer
Peut-être des malheurs, où[2] vous n'osez penser.
Je connais votre cœur. Vous devez vous attendre
Que je vais le frapper[3] par l'endroit le plus tendre.
Titus m'a commandé…

BÉRÉNICE
Quoi ?

ANTIOCHUS
De vous déclarer
Qu'à jamais l'un de l'autre il faut vous séparer.

1. *Ne vous flattez point* : ne vous trompez point. \ **2.** *Où* : auxquels. \ **3.** *Que je vais le frapper* : à ce que je le frappe.

BÉRÉNICE

Nous séparer ? Qui ? Moi ? Titus de Bérénice !

ANTIOCHUS

Il faut que devant vous je lui rende justice.
Tout ce que dans un cœur sensible et généreux [1]
L'amour au désespoir peut rassembler d'affreux [2],
Je l'ai vu dans le sien. Il pleure ; il vous adore.
Mais enfin que [3] lui sert de vous aimer encore ?
Une reine est suspecte à l'empire romain.
Il faut vous séparer, et vous partez demain.

BÉRÉNICE

Nous séparer ! Hélas, Phénice !

PHÉNICE

Hé bien, Madame ?
Il faut ici montrer la grandeur de votre âme.
Ce coup sans doute est rude, il doit vous étonner [4].

BÉRÉNICE

Après tant de serments, Titus m'abandonner !
Titus qui me jurait… Non, je ne le puis croire.
Il ne me quitte point, il y va de sa gloire.
Contre son innocence on veut me prévenir.
Ce piège n'est tendu que pour nous désunir.
Titus m'aime. Titus ne veut point que je meure.
Allons le voir. Je veux lui parler tout à l'heure [5],
Allons.

ANTIOCHUS

Quoi ? vous pourriez ici me regarder…

---

1. *Généreux* : noble. \ **2.** *L'amour* […] *d'affreux* : l'amour peut joindre l'affreux au désespoir. \ **3.** *Que* : à quoi. \ **4.** *Étonner* : frapper de stupeur. \ **5.** *Tout à l'heure* : tout de suite.

BÉRÉNICE

Vous le souhaitez trop pour me persuader.
Non, je ne vous crois point. Mais quoi qu'il en puisse être,
Pour jamais à mes yeux gardez-vous de paraître.

À Phénice.

Ne m'abandonne pas dans l'état où je suis,
Hélas ! pour me tromper[1] je fais ce que je puis.

Scène 4

ANTIOCHUS, ARSACE

ANTIOCHUS

Ne me trompé-je point ? L'ai-je bien entendue ?
Que je me garde, moi, de paraître à sa vue ?
Je m'en garderai bien. Et ne partais-je pas,
Si Titus malgré moi n'eût arrêté mes pas ?
Sans doute, il faut partir. Continuons[2], Arsace.
Elle croit m'affliger, sa haine me fait grâce.
Tu me voyais tantôt[3] inquiet, égaré :
Je partais amoureux, jaloux, désespéré,
Et maintenant, Arsace, après cette défense
Je partirai peut-être avec indifférence.

ARSACE

Moins que jamais, Seigneur, il faut vous éloigner.

1. *Pour me tromper* : pour tromper ma douleur. \ 2. *Continuons* : poursuivons notre départ. \ 3. *Tantôt* : tout à l'heure.

ANTIOCHUS

Moi, je demeurerai pour me voir dédaigner ?
Des froideurs de Titus je serai responsable ?
Je me verrai puni parce qu'il est coupable ?
Avec quelle injustice, et quelle indignité
Elle doute à mes yeux de ma sincérité ?
Titus l'aime, dit-elle, et moi je l'ai trahie,
L'ingrate ! m'accuser de cette perfidie ?
Et dans quel temps encor ! Dans le moment fatal
Que[1] j'étale à ses yeux les pleurs de mon rival,
Que pour la consoler je le faisais paraître
Amoureux et constant, plus qu'il ne l'est peut-être.

ARSACE

Et de quel soin[2], Seigneur, vous allez-vous troubler ?
Laissez à ce torrent le temps de s'écouler.
Dans huit jours, dans un mois, n'importe, il faut qu'il passe.
Demeurez seulement.

ANTIOCHUS

Non, je la quitte, Arsace.
Je sens qu'à sa douleur je pourrais compatir,
Ma gloire, mon repos, tout m'excite à partir.
Allons. Et de si loin évitons la cruelle,
Que[3] de longtemps, Arsace, on ne nous parle d'elle.
Toutefois il nous reste encore assez de jour.
Je vais dans mon palais attendre ton retour.
Va voir si la douleur ne l'a point trop saisie.
Cours ; et partons du moins assurés de sa vie.

1. *Que* : où. \ **2.** *Soin* : souci. \ **3.** *Que* : subordonnée consécutive introduite par *si*.

Acte IV

Scène première

BÉRÉNICE *seule*

Phénice ne vient point ? Moments trop rigoureux,
Que vous paraissez lents à mes rapides vœux !
Je m'agite, je cours, languissante, abattue ;
La force m'abandonne, et le repos[1] me tue.
Phénice ne vient point ? Ah ! que cette longueur
D'un présage funeste épouvante mon cœur !
Phénice n'aura point de réponse à me rendre.
Titus, l'ingrat Titus n'a point voulu l'entendre.
Il fuit, il se dérobe à ma juste fureur.

Scène 2

BÉRÉNICE, PHÉNICE

BÉRÉNICE

Chère Phénice, hé bien ! as-tu vu l'empereur ?
Qu'a-t-il dit ? Viendra-t-il ?

---

1. *Repos* : absence d'occupation.

PHÉNICE

Oui, je l'ai vu, Madame,
Et j'ai peint à ses yeux le trouble de votre âme.
J'ai vu couler des pleurs qu'il voulait retenir.

BÉRÉNICE

Vient-il ?

PHÉNICE

N'en doutez point, Madame, il va venir.
Mais voulez-vous paraître en ce désordre extrême ?
Remettez-vous, Madame, et rentrez en vous-même [1].
Laissez-moi relever ces voiles détachés,
Et ces cheveux épars dont [2] vos yeux sont cachés.
Souffrez [3] que de vos pleurs je répare l'outrage [4].

BÉRÉNICE

Laisse, laisse, Phénice, il verra son ouvrage.
Et que m'importe, hélas ! de [5] ces vains [6] ornements ?
Si ma foi, si mes pleurs, si mes gémissements ;
Mais que dis-je, mes pleurs ? si ma perte certaine,
Si ma mort toute prête enfin ne le ramène,
Dis-moi, que produiront tes secours superflus,
Et tout ce faible éclat qui ne le touche plus ?

PHÉNICE

Pourquoi lui faites-vous cet injuste reproche ?
J'entends du bruit, Madame, et l'Empereur s'approche,
Venez, fuyez la foule, et rentrons promptement.
Vous l'entretiendrez seul dans votre appartement.

---

1. *Rentrez en vous-même* : redevenez vous-même (Bérénice est hors d'elle). \ **2.** *Dont* : par lesquels. \ **3.** *Souffrez* : acceptez. \ **4.** *L'outrage {de vos pleurs}* : le mal causé par vos pleurs. \ **5.** *Que m'importe de* : que m'importe. \ **6.** *Vains* : inutiles.

Scène 3

TITUS, PAULIN, SUITE

TITUS

De la reine, Paulin, flattez[1] l'inquiétude.
Je vais la voir. je veux un peu de solitude.
Que l'on me laisse.

PAULIN

Ô ciel ! que je crains ce combat !
Grands Dieux, sauvez sa gloire et l'honneur de l'État.
Voyons la reine.

Scène 4

TITUS *seul*

Hé bien ! Titus, que viens-tu faire ?
Bérénice t'attend. Où viens-tu, téméraire ?
Tes adieux sont-ils prêts ? T'es-tu bien consulté ?
Ton cœur te promet-il assez de cruauté ?
Car enfin au combat qui pour toi se prépare,
C'est peu d'être constant, il faut être barbare.
Soutiendrai-je ces yeux dont la douce langueur[2]
Sait si bien découvrir les chemins de mon cœur ?
Quand je verrai ces yeux armés de tous leurs charmes,
Attachés sur les miens, m'accabler de leurs larmes,
Me souviendrai-je alors de mon triste devoir ?
Pourrai-je dire enfin, je ne veux plus vous voir ?
Je viens percer un cœur que j'adore, qui m'aime.

1. *Flattez* : apaisez. \ 2. *Langueur* : tristesse profonde.

Et pourquoi le percer ? Qui l'ordonne ? Moi-même.
Car enfin Rome a-t-elle expliqué ses souhaits ?
L'entendons-nous crier autour de ce palais ?
Vois-je l'État penchant au bord du précipice ?
Ne le puis-je sauver que par ce sacrifice ?
Tout se tait, et moi seul, trop prompt à me troubler,
J'avance des malheurs que je puis reculer.
Et qui sait si, sensible aux vertus de la reine,
Rome ne voudra point l'avouer[1] pour Romaine ?
Rome peut par son choix justifier[2] le mien.
Non, non, encore un coup, ne précipitons rien.
Que Rome avec ses lois mette dans la balance
Tant de pleurs, tant d'amour, tant de persévérance,
Rome sera pour nous. Titus, ouvre les yeux.
Quel air respires-tu ? N'es-tu pas dans ces lieux
Où la haine des rois, avec le lait sucée[3],
Par crainte ou par amour ne peut être effacée ?
Rome jugea ta reine en condamnant ses rois.
N'as-tu pas en naissant entendu cette voix ?
Et n'as-tu pas encore ouï la renommée
T'annoncer ton devoir jusque dans ton armée ?
Et lorsque Bérénice arriva sur tes pas,
Ce que Rome en jugeait[4], ne l'entendis-tu pas ?
Faut-il donc tant de fois te le faire redire ?
Ah lâche ! fais l'amour[5], et renonce à l'empire.
Au bout de l'univers va, cours te confiner,
Et fais place à des cœurs plus dignes de régner.
Sont-ce là ces projets de grandeur et de gloire
Qui devaient dans les cœurs consacrer ma mémoire ?

---

1. *L'avouer* : la reconnaître. \ **2.** *Justifier* : rendre juste, conforme aux lois. \ **3.** *Avec le lait sucée* : sucée en même temps que le lait maternel, c'est-à-dire inculquée dès le plus jeune âge. \ **4.** *En jugeait* : en pensait. \ **5.** *Fais l'amour* : aime.

Depuis huit jours je règne. Et jusques à ce jour
Qu'ai-je fait pour l'honneur ? J'ai tout fait pour l'amour.
D'un temps si précieux quel compte puis-je rendre ?
Où sont ces heureux jours que je faisais attendre ?
Quels pleurs ai-je séchés ? Dans quels yeux satisfaits
Ai-je déjà goûté le fruit de mes bienfaits ?
L'univers a-t-il vu changer ses destinées ?
Sais-je combien le ciel m'a compté de journées[1] ?
Et de ce peu de jours si longtemps attendus,
Ah ! malheureux, combien j'en ai déjà perdus[2] !
Ne tardons plus. Faisons ce que l'honneur exige.
Rompons le seul lien…

Scène 5

BÉRÉNICE, TITUS

BÉRÉNICE, *en sortant*

Non, laissez-moi, vous dis-je.
En vain tous vos conseils me retiennent ici.
Il faut que je le voie. Ah ! Seigneur, vous voici !
Hé bien, il est donc vrai que Titus m'abandonne ?
Il faut nous séparer. Et c'est lui qui l'ordonne.

TITUS

N'accablez point, Madame, un prince malheureux ;
Il ne faut point ici nous attendrir tous deux.
Un trouble assez cruel m'agite et me dévore,

1. *M'a compté de journées* : m'a accordé de journées. \ **2.** *Perdus* : rappel d'une anecdote rapportée par Suétone : « Un soir, se rappelant, qu'il n'avait rien donné de toute la journée, il eut ce mot resté célèbre et dont il fut justement loué : "Mes amis, j'ai perdu ma journée" » (*Vie des douze Césars*, VIII).

Sans que des pleurs si chers me déchirent encore.
Rappelez bien plutôt ce cœur, qui tant de fois
M'a fait de mon devoir reconnaître la voix.
Il en est temps. Forcez votre amour à se taire,
Et d'un œil que la gloire et la raison éclaire [1],
Contemplez mon devoir dans toute sa rigueur.
Vous-même contre vous fortifiez mon cœur.
Aidez-moi, s'il se peut, à vaincre ma faiblesse,
À retenir des pleurs qui m'échappent sans cesse.
Ou si nous ne pouvons commander à nos pleurs,
Que la gloire du moins soutienne nos douleurs,
Et que tout l'univers reconnaisse sans peine
Les pleurs d'un empereur et les pleurs d'une reine.
Car enfin, ma Princesse, il faut nous séparer.

BÉRÉNICE

Ah cruel ! Est-il temps de me le déclarer ?
Qu'avez-vous fait ? Hélas ! Je me suis crue aimée.
Au plaisir de vous voir mon âme accoutumée
Ne vit plus que pour vous. Ignoriez-vous vos lois,
Quand je vous l'avouai pour la première fois ?
À quel excès d'amour m'avez-vous amenée ?
Que ne me disiez-vous, Princesse infortunée,
Où vas-tu t'engager, et quel est ton espoir ?
Ne donne point un cœur qu'on ne peut recevoir.
Ne l'avez-vous reçu, cruel, que pour le rendre
Quand de vos seules mains ce cœur voudrait dépendre ?
Tout l'empire a vingt fois conspiré contre nous.
Il était temps encor. Que ne me quittiez-vous ?
Mille raisons alors consolaient [2] ma misère.

1. *Éclaire* : accord du verbe avec le sujet le plus proche (latinisme). \ 2. *Alors consolaient* : pouvaient alors consoler.

Je pouvais de ma mort accuser votre père,
Le peuple, le sénat, tout l'empire romain,
Tout l'univers, plutôt qu'une si chère main.
Leur haine dès longtemps contre moi déclarée,
M'avait à mon malheur dès longtemps préparée.
Je n'aurais pas, Seigneur, reçu ce coup cruel
Dans le temps que[1] j'espère un bonheur immortel,
Quand votre heureux amour peut tout ce qu'il désire,
Lorsque Rome se tait, quand votre père expire,
Lorsque tout l'univers fléchit à vos genoux,
Enfin quand je n'ai plus à redouter que vous.

Titus

Et c'est moi seul aussi qui pouvais me détruire.
Je pouvais vivre alors, et me laisser séduire[2].
Mon cœur se gardait bien d'aller dans l'avenir
Chercher ce qui pouvait un jour nous désunir.
Je voulais qu'à mes vœux rien ne fût invincible,
Je n'examinais rien, j'espérais l'impossible.
Que sais-je ? J'espérais de mourir à vos yeux,
Avant que d'en venir[3] à ces cruels adieux.
Les obstacles semblaient renouveler ma flamme[4],
Tout l'empire parlait. Mais la gloire, Madame,
Ne s'était point encor fait entendre à mon cœur
Du ton dont elle parle au cœur d'un empereur.
Je sais tous les tourments où ce dessein me livre.
Je sens bien que sans vous je ne saurais plus vivre,
Que mon cœur de moi-même est prêt à s'éloigner.
Mais il ne s'agit plus de vivre, il faut régner.

1. *Dans le temps que* : au moment où. \ 2. *Séduire* : abuser. \ 3. *Avant que d'en venir* : avant d'en venir. \ 4. *Ma flamme* : la flamme de mon amour (métaphore galante).

BÉRÉNICE

Hé bien ! régnez, cruel, contentez votre gloire.
Je ne dispute[1] plus. J'attendais, pour vous croire,
Que cette même bouche, après mille serments
D'un amour qui devait unir tous nos moments,
Cette bouche, à mes yeux s'avouant infidèle,
M'ordonnât elle-même une absence éternelle.
Moi-même j'ai voulu vous entendre en ce lieu.
Je n'écoute plus rien, et pour jamais, Adieu.
Pour jamais ! Ah Seigneur, songez-vous en vous-même
Combien ce mot cruel est affreux quand on aime ?
Dans un mois, dans un an, comment souffrirons-nous,
Seigneur, que tant de mers me séparent de vous ?
Que le jour recommence et que le jour finisse,
Sans que jamais Titus puisse voir Bérénice,
Sans que de tout le jour je puisse voir Titus ?
Mais quelle est mon erreur, et que de soins perdus !
L'ingrat de mon départ consolé par avance,
Daignera-t-il compter les jours de mon absence ?
Ces jours si longs pour moi lui sembleront trop courts.

TITUS

Je n'aurai pas, Madame, à compter tant de jours.
J'espère que bientôt la triste Renommée
Vous fera confesser que vous étiez aimée.
Vous verrez que Titus n'a pu sans expirer...

BÉRÉNICE

Ah Seigneur ! s'il est vrai, pourquoi nous séparer ?
Je ne vous parle point d'un heureux hyménée :
Rome à ne vous plus voir m'a-t-elle condamnée ?
Pourquoi m'enviez-vous[2] l'air que vous respirez ?

1. *Dispute* : discute. \ 2. *Enviez* : refuser par égoïsme.

TITUS

Hélas ! vous pouvez tout, Madame. Demeurez,
Je n'y résiste point. Mais je sens ma faiblesse.
Il faudra vous combattre et vous craindre sans cesse,
Et sans cesse veiller à retenir mes pas,
Que vers vous à toute heure entraînent vos appas.
Que dis-je ? En ce moment mon cœur, hors de lui-même
S'oublie, et se souvient seulement qu'il vous aime.

BÉRÉNICE

Hé bien, Seigneur, hé bien, qu'en peut-il arriver ?
Voyez-vous les Romains prêts à se soulever ?

TITUS

Et qui sait de quel œil ils prendront cette injure ?
S'ils parlent, si les cris succèdent au murmure,
Faudra-t-il par le sang justifier mon choix ?
S'ils se taisent, Madame, et me vendent leurs lois,
À quoi m'exposez-vous ? Par quelle complaisance
Faudra-t-il quelque jour payer leur patience ?
Que n'oseront-ils point alors me demander ?
Maintiendrai-je des lois que je ne puis garder[1] ?

BÉRÉNICE

Vous ne comptez pour rien les pleurs de Bérénice !

TITUS

Je les compte pour rien ! Ah ciel ! quelle injustice !

BÉRÉNICE

Quoi, pour d'injustes lois que vous pouvez changer,
En d'éternels chagrins vous-même vous plonger ?
Rome a ses droits, Seigneur. N'avez-vous pas les vôtres ?

1. *Garder* : respecter.

Ses intérêts sont-ils plus sacrés que les nôtres ?
Dites, parlez.

TITUS

Hélas ! Que vous me déchirez !

BÉRÉNICE

Vous êtes empereur, Seigneur, et vous pleurez ?

TITUS

Oui, Madame, il est vrai, je pleure, je soupire,
Je frémis. Mais enfin, quand j'acceptai l'empire,
Rome me fit jurer de maintenir ses droits ;
Il les faut maintenir. Déjà plus d'une fois
Rome a de mes pareils exercé [1] la constance.
Ah ! si vous remontiez jusques à sa naissance,
Vous les verriez toujours à ses ordres soumis.
L'un jaloux de sa foi [2] va chez les ennemis
Chercher avec la mort la peine toute prête [3].
D'un fils victorieux l'autre proscrit la tête [4].
L'autre avec des yeux secs, et presque indifférents,
Voit mourir ses deux fils par son ordre expirants [5].
Malheureux ! Mais toujours la patrie et la gloire
Ont parmi les Romains remporté la victoire.
Je sais qu'en vous quittant le malheureux Titus

---

1. *Exercé* : mis à l'épreuve. \ **2.** *Jaloux de sa foi* : attaché à sa parole donnée, à son engagement. \ **3.** *L'un* [...] *toute prête* : il s'agit de Régulus, grande figure de l'histoire romaine, modèle de vertu. Fait prisonnier par les Carthaginois, ces derniers le renvoient à Rome pour négocier. Il persuade le Sénat de ne pas accepter les conditions carthaginoises (pour le rachat de prisonniers romains) et retourne à Carthage alors même qu'il sait qu'il y sera exécuté (vers 255 av. J.-C.). \ **4.** *D'un fils* [...] *la tête* : Manlius Torquatus fit exécuter son fils parce qu'il avait livré une bataille sans son ordre (alors même qu'il avait remporté le combat). \ **5.** *L'autre* [...] *expirants* : le consul L. Junius Brutus, l'un des fondateurs de la république romaine (VIe siècle av. J.-C.) condamna à mort ses deux fils pour avoir comploté au rétablissement des Tarquins au pouvoir et au retour de la royauté.

Passe[1] l'austérité de toutes leurs vertus ;
Qu'elle n'approche point de cet effort insigne[2].
Mais, Madame, après tout, me croyez-vous indigne
De laisser un exemple à la postérité,
Qui sans de grands efforts ne puisse être imité ?

BÉRÉNICE

Non, je crois tout facile à votre barbarie.
Je vous crois digne, ingrat, de m'arracher la vie.
De tous vos sentiments mon cœur est éclairci.
Je ne vous parle plus de me laisser ici.
Qui moi ? j'aurais voulu, honteuse, et méprisée,
D'un peuple qui me hait soutenir la risée ?
J'ai voulu vous pousser jusques à ce refus.
C'en est fait, et bientôt vous ne me craindrez plus.
N'attendez pas ici que j'éclate en injures,
Que j'atteste le ciel[3], ennemi des parjures.
Non, si le ciel encore est touché de mes pleurs,
Je le prie en mourant d'oublier mes douleurs.
Si je forme des vœux contre votre injustice,
Si devant que[4] mourir la triste Bérénice
Vous veut de son trépas laisser quelque vengeur,
Je ne le cherche, ingrat, qu'au fond de votre cœur.
Je sais que tant d'amour n'en peut être effacée[5],
Que ma douleur présente, et ma bonté passée,
Mon sang, qu'en ce palais je veux même verser,
Sont autant d'ennemis que je vais vous laisser.
Et sans me repentir de ma persévérance,
Je me remets sur eux de toute ma vengeance.
Adieu.

1. *Passe* : dépasse. \ 2. *Insigne* : remarquable. \ 3. *Que j'atteste le ciel* : que je prenne le ciel à témoin. \ 4. *Devant que* : avant de. \ 5. *Effacée* : le mot *amour* est toujours féminin au pluriel, mais peut l'être aussi au singulier au XVIIe siècle.

Scène 6

Titus, Paulin

Paulin

Dans quel dessein vient-elle de sortir,
Seigneur ? Est-elle enfin disposée à partir ?

Titus

Paulin, je suis perdu, je n'y pourrai survivre.
La reine veut mourir. Allons, il faut la suivre.
Courons à son secours.

Paulin

Hé quoi ? n'avez-vous pas
Ordonné dès tantôt [1] qu'on observe [2] ses pas ?
Ses femmes, à toute heure autour d'elle empressées
Sauront la détourner de ces tristes pensées.
Non, non, ne craignez rien. Voilà les plus grands coups,
Seigneur : continuez, la victoire est à vous.
Je sais que sans pitié vous n'avez pu l'entendre ;
Moi-même en la voyant je n'ai pu m'en défendre.
Mais regardez plus loin. Songez en ce malheur
Quelle gloire va suivre un moment de douleur,
Quels applaudissements l'univers vous prépare,
Quel rang dans l'avenir.

Titus

Non, je suis un barbare.
Moi-même je me hais. Néron tant détesté
N'a point à cet excès poussé sa cruauté.
Je ne souffrirai [3] point que Bérénice expire.
Allons, Rome en dira ce qu'elle en voudra dire.

1. *Dès tantôt* : dès tout à l'heure. \ 2. *Observe* : surveille. \ 3. *Souffrirai* : supporterai.

PAULIN

Quoi ! Seigneur ?

TITUS

Je ne sais, Paulin, ce que je dis.
L'excès de la douleur accable mes esprits.

PAULIN

Ne troublez point le cours de votre renommée.
Déjà de vos adieux la nouvelle est semée.
Rome, qui gémissait, triomphe avec raison.
Tous les temples ouverts fument en votre nom [1].
Et le peuple, élevant vos vertus jusqu'aux nues [2],
Va partout de lauriers couronner vos statues.

TITUS

Ah Rome ! Ah Bérénice ! Ah prince malheureux !
Pourquoi suis-je empereur ? Pourquoi suis-je amoureux ?

Scène 7

TITUS, ANTIOCHUS, PAULIN, ARSACE

ANTIOCHUS

Qu'avez-vous fait, Seigneur ? L'aimable [3] Bérénice
Va peut-être expirer dans les bras de Phénice.
Elle n'entend ni pleurs, ni conseil, ni raison.
Elle implore à grands cris le fer [4] et le poison.
Vous seul vous lui pouvez arracher cette envie.

1. *Tous les temples* [...] *en votre nom* : les temples sont ouverts en signe d'allégresse collective. La fumée qui s'en échappe est celle des sacrifices qui célèbrent la victoire de Titus. \ 2. *Jusqu'aux nues* : jusqu'au ciel. \ 3. *Aimable* : digne d'être aimée. \ 4. *Le fer* : le fer de l'épée (synecdoque).

On vous nomme, et ce nom la rappelle à la vie.
Ses yeux toujours tournés vers votre appartement
Semblent vous demander de moment en moment[1].
Je n'y puis résister, ce spectacle me tue.
Que tardez-vous ? Allez vous montrer à sa vue.
Sauvez tant de vertus, de grâces, de beauté,
Ou renoncez, Seigneur, à toute humanité.
Dites un mot.

Titus

Hélas ! quel mot puis-je lui dire ?
Moi-même en ce moment sais-je si je respire ?

Scène 8

Titus, Antiochus, Paulin, Arsace, Rutile

Rutile

Seigneur, tous les tribuns, les consuls, le sénat,
Viennent vous demander au nom de tout l'État.
Un grand peuple les suit qui plein d'impatience
Dans votre appartement attend votre présence.

Titus

Je vous entends, grands Dieux. Vous voulez rassurer
Ce cœur que vous voyez tout prêt à s'égarer.

Paulin

Venez, Seigneur, passons dans la chambre prochaine,
Allons voir le sénat.

1. *De moment en moment* : sans arrêt.

ANTIOCHUS

Ah ! courez chez la reine.

PAULIN

Quoi vous pourriez, Seigneur, par cette indignité,
De l'empire à vos pieds fouler la majesté ?
Rome…

TITUS

Il suffit, Paulin, nous allons les entendre,
Prince, de ce devoir je ne puis me défendre.
Voyez la reine. Allez. J'espère, à mon retour
Qu'elle ne pourra plus douter de mon amour.

Acte V

Scène première

ARSACE, *seul*

Où pourrai-je trouver ce prince trop fidèle ?
Ciel, conduisez mes pas, et secondez mon zèle.
Faites qu'en ce moment je lui puisse annoncer
Un bonheur où[1] peut-être il n'ose plus penser.

Scène 2

ANTIOCHUS, ARSACE

ARSACE

Ah ! quel heureux destin en ces lieux vous renvoie,
Seigneur ?

ANTIOCHUS

Si mon retour t'apporte quelque joie,
Arsace, rends-en grâce à mon seul désespoir.

ARSACE

La reine part, Seigneur.

---

1. *Où* : auquel.

ANTIOCHUS

Elle part ?

ARSACE

Dès ce soir.
Ses ordres sont donnés. Elle s'est offensée
Que Titus à ses pleurs l'ait si longtemps laissée.
Un généreux[1] dépit succède à sa fureur.
Bérénice renonce à Rome, à l'empereur,
Et même veut partir avant que Rome instruite[2]
Puisse voir son désordre et jouir de sa fuite.
Elle écrit à César[3].

ANTIOCHUS

Ô ciel ! qui l'aurait cru ?
Et Titus ?

ARSACE

À ses yeux Titus n'a point paru.
Le peuple avec transport l'arrête et l'environne,
Applaudissant aux noms[4] que le sénat lui donne.
Et ces noms, ces respects, ces applaudissements,
Deviennent pour Titus autant d'engagements,
Qui le liant, Seigneur, d'une honorable[5] chaîne,
Malgré tous ses soupirs, et les pleurs de la reine,
Fixent dans son devoir ses vœux irrésolus.
C'en est fait. Et peut-être il ne la verra plus.

ANTIOCHUS

Que de sujets d'espoir, Arsace, je l'avoue !
Mais d'un soin si cruel[6] la fortune me joue[7],

---

1. *Généreux* : plein de noblesse. \ **2.** *Instruite* : instruite de sa décision. \ **3.** *César* : Titus. \ **4.** *Noms* : titres. \ **5.** *Honorable* : faite d'honneurs. \ **6.** *D'un soin si cruel* : avec un soin si cruel. \ **7.** *Me joue* : se joue de moi.

J'ai vu tous mes projets tant de fois démentis,
Que j'écoute en tremblant tout ce que tu me dis;
Et mon cœur prévenu d'une[1] crainte importune,
Croit même, en espérant, irriter la fortune.
Mais que vois-je ? Titus porte vers nous ses pas.
Que veut-il ?

Scène 3

TITUS, ANTIOCHUS, ARSACE

TITUS, EN ENTRANT.

Demeurez, qu'on ne me suive pas.
Enfin, Prince, je viens dégager ma promesse[2].
Bérénice m'occupe et m'afflige sans cesse.
Je viens, le cœur percé de vos pleurs et des siens,
Calmer des déplaisirs[3] moins cruels que les miens.
Venez, Prince, venez. Je veux bien que vous-même
Pour la dernière fois vous voyiez si je l'aime.

Scène 4

ANTIOCHUS, ARSACE

ANTIOCHUS

Hé bien ! voilà l'espoir que tu m'avais rendu.
Et tu vois le triomphe où j'étais attendu[4].
Bérénice partait justement irritée ?

1. *Prévenu d'une*: troublé à l'avance par une. \ 2. *Dégager ma promesse*: m'acquitter de ma promesse. \ 3. *Déplaisirs*: souffrances. \ 4. *Où j'étais attendu*: qui m'attendait.

Pour ne la plus revoir, Titus l'avait quittée ?
Qu'ai-je donc fait, grands Dieux ! Quel cours infortuné
À ma funeste vie aviez-vous destiné ?
Tous mes moments ne sont qu'un éternel passage
De la crainte à l'espoir, de l'espoir à la rage.
Et je respire encor ? Bérénice ! Titus !
Dieux cruels ! de mes pleurs vous ne vous rirez plus.

Scène 5

TITUS, BÉRÉNICE, PHÉNICE

BÉRÉNICE

Non, je n'écoute rien. Me voilà résolue.
Je veux partir. Pourquoi vous montrer à ma vue ?
Pourquoi venir encore aigrir mon désespoir ?
N'êtes-vous pas content ? Je ne veux plus vous voir.

TITUS

Mais, de grâce, écoutez.

BÉRÉNICE

Il n'est plus temps.

TITUS

Madame,
Un mot.

BÉRÉNICE

Non.

TITUS

Dans quel trouble elle jette mon âme !
Ma Princesse, d'où vient ce changement soudain ?

BÉRÉNICE

C'en est fait. Vous voulez que je parte demain ;
Et moi, j'ai résolu de partir tout à l'heure[1].
Et je pars.

TITUS

Demeurez.

BÉRÉNICE

Ingrat, que je demeure !
Et pourquoi ? Pour entendre un peuple injurieux[2]
Qui fait de mon malheur retentir tous ces lieux ?
Ne l'entendez-vous pas cette cruelle joie,
Tandis que dans les pleurs moi seule je me noie ?
Quel crime, quelle offense a pu les[3] animer ?
Hélas ! et qu'ai-je fait que[4] de vous trop aimer ?

TITUS

Écoutez-vous, Madame, une foule insensée ?

BÉRÉNICE

Je ne vois rien ici dont je ne sois blessée.
Tout cet appartement préparé par vos soins,
Ces lieux, de mon amour si longtemps les témoins,
Qui semblaient pour jamais me répondre du vôtre,
Ces festons[5] où nos noms enlacés l'un dans l'autre,
À mes tristes regards viennent partout s'offrir,
Sont autant d'imposteurs que je ne puis souffrir[6].
Allons, Phénice.

1. *Tout à l'heure* : tout de suite. \ 2. *Injurieux* : qui outrage injustement. \ 3. *Les* : ceux qui composent le peuple. \ 4. *Que* : d'autre que. \ 5. *Festons* : guirlandes de fleurs, de feuilles et de petites branches. \ 6. *Souffrir* : supporter.

Titus

Ô ciel ! Que vous êtes injuste !

Bérénice

Retournez, retournez vers ce sénat auguste[1]
Qui vient vous applaudir de votre cruauté.
Hé bien, avec plaisir l'avez-vous écouté ?
Êtes-vous pleinement content de votre gloire ?
Avez-vous bien promis d'oublier ma mémoire ?
Mais ce n'est pas assez expier vos amours.
Avez-vous bien promis de me haïr toujours ?

Titus

Non, je n'ai rien promis. Moi, que je vous haïsse !
Que je puisse jamais oublier Bérénice !
Ah dieux ! dans quel moment son injuste rigueur
De ce cruel soupçon vient affliger mon cœur !
Connaissez-moi, Madame, et depuis cinq années
Comptez tous les moments, et toutes les journées
Où par plus de transports, et par plus[2] de soupirs,
Je vous ai de mon cœur exprimé les désirs ;
Ce jour surpasse tout. Jamais, je le confesse,
Vous ne fûtes aimée avec tant de tendresse,
Et jamais…

Bérénice

Vous m'aimez, vous me le soutenez.
Et cependant je pars, et vous me l'ordonnez ?
Quoi ! dans mon désespoir trouvez-vous tant de charmes ?
Craignez-vous que mes yeux versent trop peu de larmes ?
Que me sert de[3] ce cœur l'inutile retour ?

1. *Auguste* : qui inspire le respect. \ **2.** *Plus* : le plus possible (comparatif pour le superlatif). \ **3.** *Que me sert de* : à quoi me sert.

Ah, cruel ! par pitié, montrez-moi moins d'amour.
Ne me rappelez point une trop chère idée[1].
Et laissez-moi du moins partir persuadée
Que déjà de votre âme exilée en secret,
J'abandonne un ingrat qui me perd sans regret.

Il lit une lettre[2].

Vous m'avez arraché ce que je viens d'écrire.
Voilà de votre amour tout ce que je désire.
Lisez, ingrat, lisez, et me laissez sortir.

TITUS

Vous ne sortirez point, je n'y puis consentir.
Quoi ? ce départ n'est donc qu'un cruel stratagème ?
Vous cherchez à mourir ? Et de tout ce que j'aime
Il ne restera plus qu'un triste souvenir ?
Qu'on cherche Antiochus, qu'on le fasse venir.

Bérénice se laisse tomber sur un siège.

Scène 6

TITUS, BÉRÉNICE

TITUS

Madame, il faut vous faire un aveu véritable[3].
Lorsque j'envisageai le moment redoutable

1. *Idée* : image. \ **2.** Voir le vers 1269. Dans les *Mémoires* de Louis Racine, on trouve cette indication : « Elle sort en tenant une lettre à la main, et Titus la lui arrache. Il la lut tout haut dans la première représentation ; mais cette lettre ayant été appelée par un mauvais plaisant *le Testament de Bérénice*, Titus se contenta de la lire tout bas. » \ **3.** *Véritable* : sincère.

Où, pressé par les lois d'un austère devoir
Il fallait pour jamais renoncer à vous voir;
Quand de ce triste adieu je prévis les approches,
Mes craintes, mes combats, vos larmes, vos reproches,
Je préparai mon âme à toutes les douleurs
Que peut faire sentir le plus grand des malheurs.
Mais quoi que je craignisse, il faut que je le die [1],
Je n'en avais prévu que la moindre partie.
Je croyais ma vertu [2] moins prête à succomber,
Et j'ai honte du trouble où je la vois tomber.
J'ai vu devant mes yeux Rome entière assemblée,
Le sénat m'a parlé. Mais mon âme accablée
Écoutait sans entendre, et ne leur a laissé,
Pour prix de leurs transports, qu'un silence glacé.
Rome de votre sort est encore incertaine.
Moi-même à tous moments je me souviens à peine
Si je suis empereur, ou si je suis Romain [3].
Je suis venu vers vous sans savoir mon dessein.
Mon amour m'entraînait, et je venais peut-être
Pour me chercher moi-même, et pour me reconnaître.
Qu'ai-je trouvé ? Je vois la mort peinte en vos yeux.
Je vois, pour la chercher que vous quittez ces lieux.
C'en est trop. Ma douleur, à cette triste vue
À son dernier excès est enfin parvenue.
Je ressens tous les maux que je puis ressentir.
Mais je vois le chemin par où j'en puis sortir.
Ne vous attendez point que las de tant d'alarmes,
Par un heureux hymen je tarisse vos larmes.
En quelque extrémité que vous m'ayez réduit,
Ma gloire inexorable à toute heure me suit.
Sans cesse elle présente à mon âme étonnée [4]

1. *Die*: dise (forme courante du subjonctif présent au XVIIe siècle). \ 2. *Vertu*: courage. \ 3. *Romain*: simple Romain. \ 4. *Étonnée*: frappée de stupeur.

L'empire incompatible avec votre hyménée[1],
Me dit qu'après l'éclat et les pas que j'ai faits,
Je dois vous épouser encor moins que jamais.
  Oui, Madame. Et je dois moins encore vous dire
Que je suis prêt pour vous d'abandonner[2] l'empire,
De vous suivre, et d'aller trop content de mes fers[3]
Soupirer avec vous au bout de l'univers.
Vous-même rougiriez de ma lâche conduite.
Vous verriez à regret marcher à votre suite
Un indigne empereur, sans empire, sans cour,
Vil spectacle aux humains des faiblesses d'amour.
  Pour sortir des tourments dont mon âme est la proie.
Il est, vous le savez, une plus noble voie ;
Je me suis vu, Madame, enseigner ce chemin
Et par plus d'un héros, et par plus d'un Romain,
Lorsque trop de malheurs ont lassé leur constance,
Ils ont tous expliqué cette persévérance
Dont le sort s'attachait à les persécuter,
Comme un ordre secret de n'y plus résister[4].
Si vos pleurs plus longtemps viennent frapper ma vue,
Si toujours à mourir je vous vois résolue,
S'il faut qu'à tous moments je tremble pour vos jours,
Si vous ne me jurez d'en respecter le cours ;
Madame à d'autres pleurs vous devez vous attendre.
En l'état où je suis je puis tout entreprendre,
Et je ne réponds pas que[5] ma main à vos yeux
N'ensanglante à la fin[6] nos funestes adieux.

BÉRÉNICE

Hélas !

1. *Votre hyménée* : un mariage avec vous. \ **2.** *D'abandonner* : à abandonner. \ **3.** *Fers* : les chaînes de l'amour (métaphore galante). \ **4.** *N'y plus résister* : ne plus résister à ce destin. \ **5.** *Je ne réponds pas que* : je ne garantis pas que. \ **6.** *À la fin* : pour finir.

TITUS

Non, il n'est rien dont je ne sois capable.
Vous voilà de mes jours maintenant responsable.
Songez-y bien, Madame. Et si je vous suis cher…

Scène dernière

TITUS, BÉRÉNICE, ANTIOCHUS

TITUS

Venez, Prince, venez, je vous ai fait chercher,
Soyez ici témoin de toute ma faiblesse.
Voyez si c'est aimer avec peu de tendresse.
Jugez-nous.

ANTIOCHUS

Je crois tout. Je vous connais tous deux.
Mais connaissez vous-même un prince malheureux.
Vous m'avez honoré, Seigneur, de votre estime,
Et moi, je puis ici vous le jurer sans crime [1],
À vos plus chers amis j'ai disputé ce rang.
Je l'ai disputé même aux dépens de mon sang.
Vous m'avez, malgré moi, confié l'un et l'autre,
La reine son amour, et vous, Seigneur, le vôtre.
La reine, qui m'entend, peut me désavouer.
Elle m'a vu toujours ardent à vous louer,
Répondre par mes soins à votre confidence [2].
Vous croyez m'en devoir quelque reconnaissance.
Mais le pourriez-vous croire en ce moment fatal,
Qu'un ami si fidèle était votre rival ?

1. *Sans crime* : sans commettre un crime. \ 2. *Confidence* : confiance.

TITUS

Mon rival !

ANTIOCHUS

Il est temps que je vous éclaircisse.
Oui, Seigneur, j'ai toujours adoré Bérénice.
Pour ne la plus aimer, j'ai cent fois combattu.
Je n'ai pu l'oublier, au moins je me suis tu.
De votre changement la flatteuse apparence [1]
M'avait rendu tantôt quelque faible espérance.
Les larmes de la reine ont éteint cet espoir.
Ses yeux baignés de pleurs demandaient à vous voir.
Je suis venu, Seigneur, vous appeler moi-même.
Vous êtes revenu. Vous aimez, on vous aime ;
Vous vous êtes rendu, je n'en ai point douté.
Pour la dernière fois je me suis consulté.
J'ai fait de mon courage une épreuve dernière,
Je viens de rappeler ma raison toute entière.
Jamais je ne me suis senti plus amoureux.
Il faut d'autres efforts pour rompre tant de nœuds.
Ce n'est qu'en expirant que je puis les détruire.
J'y cours. Voilà de quoi j'ai voulu vous instruire.
Oui, Madame, vers vous j'ai rappelé ses pas.
Mes soins [2] ont réussi, je ne m'en repens pas.
Puisse le ciel verser sur toutes vos années
Mille prospérités l'une à l'autre enchaînées !
Ou s'il vous garde encore un reste de courroux,
Je conjure les Dieux d'épuiser tous les coups
Qui pourraient menacer une si belle vie [3],
Sur ces jours malheureux que je vous sacrifie.

1. *La flatteuse apparence* : l'impression trompeuse. \ 2. *Mes soins* : mes efforts. \ 3. *Une si belle vie* : celle de Bérénice.

BÉRÉNICE, *se levant*

Arrêtez. Arrêtez[1]. Princes trop généreux,
En quelle extrémité me jetez-vous tous deux !
Soit que je vous[2] regarde, ou que je l'envisage[3],
Partout du désespoir je rencontre l'image.
Je ne vois que des pleurs. Et je n'entends parler
Que de trouble, d'horreurs, de sang prêt à couler.

À Titus.

Mon cœur vous est connu, Seigneur, et je puis dire
Qu'on ne l'a jamais vu soupirer pour l'empire.
La grandeur des Romains, la pourpre des Césars,
N'a point, vous le savez, attiré mes regards.
J'aimais, Seigneur, j'aimais, je voulais être aimée.
Ce jour, je l'avouerai, je me suis alarmée[4].
J'ai cru que votre amour allait finir son cours.
Je connais[5] mon erreur, et vous m'aimez toujours.
Votre cœur s'est troublé, j'ai vu couler vos larmes,
Bérénice, Seigneur, ne vaut point tant d'alarmes,
Ni que[6] par votre amour l'univers malheureux,
Dans le temps que[7] Titus attire tous ses vœux,
Et que de vos vertus il goûte les prémices[8],
Se voie en un moment enlever ses délices[9].
Je crois, depuis cinq ans jusqu'à ce dernier jour
Vous avoir assuré d'un véritable amour.
Ce n'est pas tout, je veux en ce moment funeste
Par un dernier effort couronner tout le reste.

1. *Arrêtez* : Bérénice arrête Antiochus qui s'apprête à partir. \ 2. *Vous* : Antiochus. \ 3. *Ou que je l'envisage* : ou que je le (Titus) regarde. \ 4. *Alarmée* : effrayée. \ 5. *Connais* : reconnais. \ 6. *Ni que* : ne vaut pas non plus que. \ 7. *Dans le temps que* : au moment où. \ 8. *Prémices* : débuts. \ 9. *Délices* : selon Suétone, Titus était surnommé « amour et délices du genre humain ».

Je vivrai, je suivrai vos ordres absolus.
Adieu, Seigneur, régnez, je ne vous verrai plus.

À Antiochus.

Prince, après cet adieu, vous jugez bien vous-même
Que je ne consens pas de[1] quitter ce que j'aime,
Pour aller loin de Rome écouter d'autres vœux[2].
Vivez, et faites-vous un effort généreux[3].
Sur Titus, et sur moi, réglez votre conduite.
Je l'aime, je le fuis, Titus m'aime, il me quitte.
Portez loin de mes yeux vos soupirs, et vos fers[4].
Adieu : servons tous trois d'exemple à l'univers
De l'amour la plus tendre, et la plus malheureuse,
Dont il puisse garder l'histoire douloureuse.
Tout est prêt. On m'attend. Ne suivez point mes pas.

À Titus.

Pour la dernière fois, adieu, Seigneur.

ANTIOCHUS

Hélas !

1. *De* : à. \ 2. *Vœux* : serments d'amour. \ 3. *Faites vous un effort généreux* : faites effort sur vous-même avec courage. \ 4. *Fers* : fers de l'amour (métaphore galante).

DOSSIER

LIRE
L'ŒUVRE

QUESTIONNAIRE DE LECTURE

LA PRÉFACE

1. Pourquoi peut-on qualifier la préface de Racine de polémique ?

Pour répondre.
Relevez les marques du registre polémique. Dégagez aussi la structure du texte et montrez comment elle permet de mettre en place une attaque de plus en plus précise.

2. Quelle définition de la tragédie Racine donne-t-il dans sa préface ? En quoi est-elle en accord avec les principes classiques qui déterminent à son époque le genre tragique ? En quoi s'en éloigne-t-elle ?

Pour répondre
Sur la question des règles classiques, voir la première partie de « L'œuvre dans un genre », p. 142-147

LA CONSTRUCTION DRAMATIQUE

3. Sur combien de scènes l'exposition s'étend-elle ? Quelles informations indispensables à la compréhension de l'intrigue et à la mise en place de l'action nous sont révélées ?

4. Comment les informations sont-elles communiquées au spectateur ? par quels personnages ?

Pour répondre
Les premières scènes renseignent le spectateur sur la situation, et lui parlent de l'histoire passée (passé lointain ou passé proche), du lieu, lui présentent l'identité des personnages, les liens qui les unissent. Deux procédés peuvent retenir votre attention : vous pouvez vous demander quelle est la place que l'auteur fait au récit, et montrer comment l'auteur « dramatise » l'information, autrement dit comment il atténue la dimension artificielle de l'exposition en rendant la transmission de l'information la plus vraisemblable possible.

5. Le dramaturge a-t-il recours à des événements extérieurs aux héros pour faire avancer l'action ? Peut-on parler de péripéties ? Qu'en concluez-vous ?

Pour répondre
On appelle péripétie un changement soudain et imprévu de situation, un « renversement de l'action » (Aristote, *La poétique*).

6. Définissez la fonction de chaque acte dans la construction dramatique de la pièce, et identifiez les différentes étapes significatives de l'action.

■ Pour répondre
Demandez-vous comment Racine maintient la tension et l'intérêt : fait-il appel à des événements extérieurs ? Si oui, lesquels ? Sinon, comment maintient-il l'incertitude ?

7. Quelle place la parole occupe-t-elle dans l'action ?

■ Pour répondre
Relevez notamment toutes les indications présentes dans les deux premiers actes dans lesquelles s'exprime la nécessité où se trouvent les personnages de s'expliquer. Qu'en déduisez-vous quant à la nature de l'action ?

LES PERSONNAGES

8. Titus peut-il être considéré comme un personnage tragique ? pourquoi ?

■ Pour répondre
Vous relirez notamment la scène 4 de l'acte IV (monologue de Titus). Y a-t-il dilemme tragique ? Si oui, quels sont les deux termes de ce dilemme ?

9. Identifiez les étapes de l'évolution intérieure de Bérénice. Dans quelles scènes est-elle visible ? Peut-on dire que cette évolution montre Bérénice accédant au rang de personnage tragique ? pourquoi ?

10. Quel rôle le personnage d'Antiochus joue-t-il ? Mettez en évidence ses principales caractéristiques.

11. Quelles sont les fonctions respectives de chacun des trois confidents ? Quel rôle chacun d'entre eux joue-t-il auprès du héros ?

■ Pour répondre
Les confidents peuvent être utilisés pour dramatiser les situations : ils permettent notamment d'éviter le recours trop fréquent au monologue. Est-ce le cas ici ? Ils peuvent aussi pousser le héros à prendre une décision, exprimer en général la voix de la raison ou celle du bon sens : est-ce également le cas ?

LE GENRE

12. Quels sont les éléments qui font de *Bérénice* une tragédie au sens classique ?

13. En quoi l'issue de la pièce peut-elle paraître surprenante du point de vue du genre ?

■ Pour répondre.
Reportez-vous à l'analyse de la préface qui vous est demandée dans la question 2 en l'illustrant par des exemples tirés de la pièce.

14. Relevez les éléments qui font de *Bérénice* une tragédie élégiaque.

▪ Pour répondre.
Reportez-vous à la partie « L'œuvre dans un genre », p. 153-158.

L'ÉCRITURE THÉÂTRALE

Le monologue

15. Relevez les monologues présents dans *Bérénice*. Qui les prononce ? Quelle est leur fonction ?

▪ Pour répondre
Le monologue a traditionnellement pour fonction d'éclairer la psychologie du personnage en permettant une mise à nu de ses sentiments. Mais il pose plusieurs problèmes dramaturgiques : est-il utile à l'action d'une part, est-il vraisemblable et naturel d'autre part que l'on s'adresse à soi-même ? Vous direz si les monologues de Bérénice tombent sous le coup de ces critiques.

Le rôle du récit

16. Relevez plusieurs récits dans *Bérénice*. Comment s'intègrent-ils à l'action ? Quel(s) rôle(s) jouent-ils ?

▪ Pour répondre
Le récit joue un rôle capital dans l'exposition, mais aussi dans la représentation du hors scène. Pour rendre le récit dramatique, le dramaturge en fait souvent un tableau vivant (grâce à la force de l'image). On parle dans ce cas d'hypotypose. Arrêtez-vous sur la dernière tirade de Bérénice au premier acte.

THÈMES PRINCIPAUX

17. Relisez la scène 5 de l'acte IV. Repérez les marques du discours galant (lexique et images).

▪ Pour répondre
Le discours galant se caractérise par son lexique, son goût pour les images traditionnelles de la rhétorique amoureuse (les feux de l'amour, le regard…) et pour l'expression « tendre ». Voir sur ce point le développement de la partie « L'œuvre dans l'histoire », p. 111-112.

18. De quelle façon les personnages de *Bérénice* conçoivent-ils l'amour ?

19. Comment l'amour et le politique s'opposent-ils ? pourquoi ?

▪ Pour répondre.
Vous vous appuierez notamment sur la scène 2 de l'acte II et la scène 4 de l'acte IV pour voir comment amour et politique s'articulent dans le discours de Titus.

L'ŒUVRE DANS L'HISTOIRE

LE TEMPS DE L'HISTOIRE : L'HISTOIRE ROMAINE

ROME À L'ÉPOQUE DE TITUS (79-81)

L'avènement d'Auguste en 27 avant J.-C. marque la fin de la république romaine et le début de l'empire romain. Si le règne d'Auguste qui s'étend jusqu'en 14 après J.-C. est une période de stabilité politique et d'expansion géographique grâce aux conquêtes militaires, la période qui suivit est parfois beaucoup plus troublée, d'autant qu'à Rome aucune règle n'assure la transmission du pouvoir.

Titus, né en 39, accède au pouvoir en 79, pour un court règne de deux ans, qui fait suite à une série de conflits civils et politiques qui déchirent Rome. Durant la seule année 69, après la mort de Néron, trois empereurs (Galba, Othon, Vitellius) se sont succédé. La puissance des armes devient alors le moyen privilégié de la prise du pouvoir : après l'assassinat de Vitellius en décembre 69, Vespasien est proclamé empereur par les troupes qu'il commande en Judée avant de se faire investir officiellement à Rome. Il parvient à rester au pouvoir jusqu'en 79, et à rétablir à Rome l'ordre et la stabilité même si l'histoire romaine, durant tout ce premier siècle, est marquée par une réelle décadence des mœurs, par la violence et par le règne de la cupidité. Son fils Titus lui succède en juin 79.

De cette suite de crises que constitue l'histoire romaine, *Bérénice* présente un écho très atténué. La pièce se déroule dans un palais préservé du tumulte de l'Histoire, où les personnages font assaut de générosité et montrent une retenue et une maîtrise constantes. Mais il faut également souligner, dans la pièce, la présence de quelques passages où la réalité du contexte historique est évoquée, même discrètement. Le confident Paulin, dans la scène 2 de l'acte II, rappelle ainsi à Titus une série d'exemples haïs de cette période : la peur de leur ressembler doit conduire le jeune empereur à quitter Bérénice et prouver ainsi à tous qu'il peut vaincre ses passions et se consacrer entièrement à l'État :

> Depuis ce temps, Seigneur, Caligula, Néron,
> Monstres, dont à regret je cite ici le nom,
> Et qui ne conservant que la figure d'homme,
> Foulèrent à leurs pieds toutes les lois de Rome (II, 2, v. 397-400).

Titus justifie donc sa décision de quitter Bérénice par la volonté de suivre l'exemple de son père Vespasien, à qui l'armée a confié « Rome sanglante en ses paisibles mains » (v. 430). On ne peut comprendre l'attitude de Titus que si l'on saisit ce contexte historique si particulier d'un empire à la fois tout-puissant et d'une fragilité politique extrême, traumatisé par un demi-siècle de folies tyranniques.

Le règne de Titus fut marqué par deux catastrophes : l'éruption du Vésuve (en 79) et une épidémie de peste, qui fit des milliers de victimes en 80. L'empereur est mort dans des conditions mystérieuses en septembre 81, après un règne qui ne lui valut que des éloges (il fut surnommé « les délices du genre humain »), au cours duquel il avait entrepris de restaurer Rome – où il fit construire un célèbre arc de triomphe qui porte son nom – et de renforcer l'autorité impériale. Son court règne représente donc une sorte de parenthèse heureuse, qui précède celui de son frère Domitien (81-96) qui exerça sur Rome une autorité brutale et tyrannique. En choisissant de privilégier la figure de cet empereur, Racine perpétue le souvenir d'une figure historique positive, et livre au public une image valorisante de l'autorité suprême.

TITUS ET BÉRÉNICE, ROME ET L'ORIENT

L'histoire

L'Orient est évoqué à plusieurs reprises dans *Bérénice*, et cela pour deux raisons. C'est en effet en Orient que Titus a rencontré Bérénice, et c'est dans cette partie du monde qu'il a commencé à jouer les premiers rôles au plan politique.

La puissance de Rome se fonde en grande partie sur la grandeur de son empire. L'époque républicaine, au Ier siècle avant Jésus-Christ, est déjà marquée par de nombreuses conquêtes qu'Auguste parvient à consolider. À l'époque de Titus, l'empire romain s'étend sur une grande partie de l'Europe, de l'Afrique du Nord et du Moyen-Orient. Les pays soumis par la force des armes deviennent des provinces romaines. Le gouvernement de ces provinces est parfois laissé aux rois d'origine qui se soumettent à la puissance romaine. C'est de cette façon que sont administrés les royaumes de Palestine et de Judée dont Bérénice est originaire, et dont elle devient reine après la mort de son époux Agrippa. Antiochus était quant à lui roi de Comagène, petit État au nord de la Syrie. Ils tiennent donc tous deux leur pouvoir de Rome. Ce roi et cette reine sont présents, on le sait, dans *Bérénice*.

La Judée est une province difficile, fréquemment secouée par des soulèvements populaires. Pour maintenir l'ordre, Rome envoie aux côtés des souverains locaux des gouverneurs romains, appelés procurateurs (l'un d'entre eux, quelques années auparavant, est bien connu dans l'Histoire sainte, puisqu'il s'agit de Ponce Pilate). La mauvaise gestion de l'un d'eux, Gessius Florus (procurateur depuis 64), exacerbe les tensions. Malgré les mises en garde de la reine Bérénice et les tentatives d'apaisement d'Agrippa, la révolte grossit : la garnison romaine de Jérusalem est massacrée, les Juifs de Césarée sont tués. En 66, l'empereur Néron confie au général Vespasien le soin de pacifier la région. Aidé de son fils Titus, il marche sur la Galilée, où ils rencontrent Bérénice, en 67. C'est de ce séjour que date la passion de Titus pour Bérénice, femme d'une immense beauté qui est son aînée de treize ans.

Une fois la Galilée pacifiée, les troupes romaines se dirigent sur Jérusalem, qui est investie lorsqu'arrive en Orient la nouvelle de l'assassinat de Néron, en 68. Durant l'année 69, pendant laquelle trois empereurs se succèdent à Rome, Vespasien continue d'assurer son commandement militaire, jusqu'au moment où il est proclamé empereur par ses soldats, en juillet 69. Il regagne alors Rome et laisse Titus diriger le siège de Jérusalem. Titus s'empare des premiers remparts de la ville en mai 70, mais la ville ne tombe aux mains des Romains qu'en juillet 70 après un siège long et meurtrier, qui fait plusieurs centaines de milliers de morts. Ce siège est évoqué par Antiochus dans la pièce de Racine :

> Il dompta les mutins, reste pâle et sanglant
> Des flammes, de la faim, des fureurs intestines,
> Et laissa leurs remparts cachés sous leurs ruines (I, 4, v. 230-233).

Cette guerre d'Orient, longue et difficile, contribue à faire naître à Rome un puissant sentiment d'hostilité vis-à-vis des Juifs. Titus, auréolé de ses victoires militaires, revient pourtant à Rome accompagné de Bérénice qu'il souhaite épouser, en 75.

Les sources historiques

Les historiens de l'Antiquité nous donnent deux versions de la suite des événements. Nous disposons de deux sources principales : l'historien de langue latine Suétone (69-125), auteur de *La Vie des douze Césars*, et l'historien de langue grecque Dion Cassius (155-235). Suétone fait un portrait très contrasté de Titus avant son accession à l'empire. Il le décrit comme un jeune débauché, avide de plaisir et d'argent, peu scrupuleux de la morale. Son amour pour Bérénice est d'ailleurs présenté par l'historien latin comme un des vices qu'on lui reprochait : on s'attendait à ce qu'il devienne un autre Néron. Or il est établi que l'accession de Titus au pouvoir le changea du tout au tout : il mit fin à ses débordements, s'entoura d'amis fidèles pour gouverner et renvoya Bérénice de Rome « malgré lui, malgré elle » (*invitus invitam*), selon le mot que rapporte Racine dans sa Préface (p. 9).

La version que donne Dion Cassius est quelque peu différente. Bérénice aurait vécu une première fois avec Titus à Rome sous le principat de Vespasien. Ce projet de mariage du futur empereur avec une princesse juive choque profondément le sentiment populaire à Rome. Vespasien ordonne alors la séparation des amants, à laquelle son fils se résout. Après la mort de Vespasien, en 79, Bérénice serait revenue à Rome, une fois Titus au pouvoir suprême, Mais elle ne serait pas parvenue à reconquérir son amant, devenu respectueux des lois romaines et revenu de ses anciens débordements.

On mesure donc l'étendue des libertés que Racine s'est octroyées par rapport à une réalité historique dont les historiens modernes nous disent qu'elle est sans doute plus proche de la version des faits donnée par Dion Cassius. Les événements rapportés dans *Bérénice* se sont vraisemblablement déroulés *avant* la mort de Vespasien, et plusieurs années *avant* l'accès de Titus au trône. Racine remanie donc profondément la matière historique. En déplaçant les événements de 75 à 79, en situant l'action de la pièce *après* la mort de Vespasien, au moment où la succession impériale se joue, il transforme le statut de Titus qui n'est plus seulement un fils obéissant aux injonctions paternelles. Même si la pièce évoque, avec discrétion, les résistances que son projet de mariage rencontre, c'est Titus qui prend sa décision. Il dit adieu à Bérénice et à l'Orient, lieu du souvenir, de l'idylle amoureuse et de la gloire militaire, pour se consacrer à Rome, lieu de la raison d'État et de la toute-puissance du politique. Ainsi Racine remanie profondément l'histoire pour exalter la figure d'un empereur qui décide de renoncer à son bonheur, à ses amours et à son passé pour assurer la pérennité de l'État. Derrière la Rome impériale représentée dans *Bérénice*, il faut aussi voir la France de Louis XIV.

LE TEMPS DE L'ÉCRITURE : LE SIÈCLE DE LOUIS XIV

LE CONTEXTE POLITIQUE : LA MONARCHIE ABSOLUE

Lorsque Racine crée *Bérénice* en 1670, le règne personnel de Louis XIV a commencé depuis neuf ans. La monarchie absolue de droit divin est bien installée : le roi centralise tous les pouvoirs et tire sa légitimité de la volonté divine elle-même. Après les troubles de La Fronde qui agitèrent les premières années du règne du jeune Louis (1648-1653), la noblesse a été reprise en mains : la vieille noblesse, dite d'épée, qui a manifesté son hostilité à la Couronne pendant la Fronde, doit accepter de voir la bourgeoisie accéder aux plus hautes charges.

L'optimisme héroïque des années 1630 est mort avec la répression de la Fronde, qui met fin aux velléités d'indépendance de la noblesse. Le nouvel ordre politique fait du roi et de la cour le centre de toutes les préoccupations, et les années 1660-1680 sont marquées par un réel changement idéologique. Dans le théâtre de Corneille les valeurs héroïques demeurent présentes, car l'auteur du *Cid* appartient à une époque durant laquelle la noblesse traditionnelle, qui tire sa gloire de ses exploits guerriers, pouvait encore prétendre à une certaine indépendance. Mais l'accession de la noblesse de robe et de la bourgeoisie enrichie aux plus hautes fonctions de l'État met fin à la toute-puissance de cette plus ancienne noblesse. Les nobles deviennent des courtisans soumis au bon vouloir royal et ils doivent se contenter de participer aux divertissements du roi.

Sous Louis XIII (mort en 1643) et grâce à l'influence de Richelieu (1585-1642), le théâtre est devenu un art de premier ordre dans les années 1630. Louis XIV poursuit cette politique, qui s'intègre parfaitement à sa stratégie de grandeur : le théâtre sert le rayonnement de la personne royale (notamment dans les divertissements royaux). L'art du siècle de Louis XIV est aussi un art *politique*, qui exalte la magnificence du roi. Louis XIV mène une politique de grands travaux.

Il fait construire le château de Versailles, soutient et protège les artistes. Molière profite de cette protection royale qui se manifeste à l'occasion des scandales de *Tartuffe* et de *Dom Juan*, en 1664 et 1665. Racine bénéficie aussi de cette protection, qui lui apporte gratifications et honneurs. En 1677, il devient historiographe du roi, et est chargé d'écrire l'histoire officielle du règne de Louis XIV. L'art et le pouvoir sont étroitement liés. Comme l'écrit Jacques Morel [1], « l'œuvre de Racine constitue un long dialogue avec Louis XIV. [...] Elle parle des « bonheurs et [des] échecs des hommes qui sur terre sont les plus proches de Dieu [2] ».

Une tragédie comme *Bérénice* offre le spectacle d'empereurs et de monarques de l'Antiquité qui, sur la scène du théâtre, proposent de sublimes modèles de conduite. Contrairement au monarque français, un empereur romain comme Titus ne peut pas être considéré comme le représentant de Dieu sur terre. Cependant la pièce nous apprend qu'une fois mort, il rejoint les dieux. L'apothéose [3] de l'empereur Vespasien est évoquée par Bérénice à la scène 5 de l'acte I. Cette cérémonie fait de Titus le nouvel empereur ; il doit dès lors renoncer à tout ce qui n'est pas digne de cette nouvelle charge :

> Mais à peine le ciel eut rappelé mon père,
> Dès que ma triste main eut fermé sa paupière,
> De mon aimable erreur je fus désabusé
> Je sentis le fardeau qui m'était imposé (II, 2, v. 459-462).

En prenant le pouvoir, Titus change donc de nature, et cette métamorphose n'est pas sans rappeler celle qui affecte la personne du roi, auquel

1. Dans la préface à son édition des œuvres complètes de Racine (« Classiques Garnier »). \ **2.** *Ibid.* \ **3.** *Apothéose* : cérémonie par laquelle les empereurs romains et les héros sont déifiés après leur mort.

son accession au pouvoir donne aussi un statut quasi divin. Titus, transformé par l'accès au trône, renonce à son amour pour Bérénice, désormais qualifiée d'« aimable erreur ». *Bérénice* raconte donc l'histoire d'un renoncement amoureux, mais c'est un renoncement commandé par la nécessité politique, et par la logique de conceptions politiques qui sont celles des hommes du XVIIe siècle, pour qui un roi n'appartient plus tout à fait à l'humanité, et est susceptible de prendre des décisions à nulle autre pareilles.

En mettant en évidence les choix qu'impose le pouvoir, la tragédie illustre, dans une histoire édifiante, la grandeur des changements qui affectent un *homme* lorsqu'il devient *roi*. Certains contemporains de Racine ont cru discerner dans *Bérénice* des allusions directes à la vie amoureuse de Louis XIV. Ainsi les vers 371 à 380, dans lesquels Paulin rappelle à Titus que l'amour seul ne peut guider le choix de l'impératrice, feraient référence, selon une certaine tradition critique, aux sentiments de sympathie amoureuse qui auraient existé d'abord entre le jeune Louis XIV et Marie Mancini, nièce de Mazarin, puis entre le roi et la princesse Henriette d'Angleterre. Ces lectures, faute de preuves, ne sont guère convaincantes. Elles montrent tout au plus l'actualité du sujet choisi par Racine aux yeux de ses contemporains. Mais l'histoire du renoncement de Titus met surtout en évidence la valeur politique de la tragédie, qui illustre dans une œuvre artistique le caractère proprement extraordinaire de la personne royale.

LE CONTEXTE CULTUREL : CLASSICISME ET GALANTERIE

L'avènement de la stabilité politique et l'affirmation d'un pouvoir fort à la fin des années 1650 entraînent une unification esthétique et artistique. Dans la seconde moitié du XVIIe siècle, le goût classique s'impose, les usages mondains et la galanterie se développent. L'image de la Rome impériale donnée dans *Bérénice* doit beaucoup à deux caractéristiques majeures du XVIIe siècle : l'esprit classique et l'esprit galant.

Le classicisme : la règle et la mesure

Le début du XVIIe siècle a été marqué par les débordements baroques, par un goût pour les formes alambiquées et complexes, par un mélange des genres et des tons dont une pièce comme *L'Illusion comique* de

Corneille fournit un bel exemple. Dès les années 1630, se manifeste pourtant, dans le domaine artistique, un désir de mesure et de régularité qui s'affirme sous le règne de Louis XIV, après 1661. Les nouvelles valeurs esthétiques sont en accord avec l'idéologie politique : elles manifestent un goût pour l'ordre, l'équilibre et l'harmonie de la composition.

Cette évolution est perceptible dans la langue même : le style classique se signale par la simplicité de la syntaxe et du vocabulaire. Elle se traduit aussi par une volonté de théoriser les principes de la composition artistique avec la mise en place de règles (voir plus loin, « L'œuvre dans un genre », p. 142-144). Le genre dramatique offre un bel exemple de cette affirmation de l'esprit classique. En 1657, l'ouvrage théorique de l'abbé d'Aubignac, *La Pratique du théâtre*, énonce dans un ouvrage de référence les règles dont doivent s'inspirer les dramaturges.

En 1670, lorsque *Bérénice* est représentée, l'orthodoxie classique est déjà en place. La tragédie de Racine est conforme à l'esthétique classique : *simplicité* de l'action, *rigueur* de la composition, alliance de *naturel* et de *poésie* dans le travail de la langue. En effet, l'action de *Bérénice* est parfaitement unitaire, puisque l'ensemble de la pièce s'organise autour de la décision que doit prendre Titus : aucun événement annexe ne vient interférer. Cette action se décompose en actes parfaitement équilibrés. La composition des deux premiers actes, remarquable de ce point de vue, donne à voir le sens classique de la proportion et de l'équilibre : chacun de ces deux premiers actes est constitué de cinq scènes.

Le premier acte s'ouvre sur Antiochus, le second sur Titus : chaque personnage masculin a droit à une entrée en matière spécifique. À l'acte I comme à l'acte II, la scène 4 est celle de la confrontation d'un des héros masculin avec Bérénice : Antiochus avoue son amour (I, 4), Titus n'ose annoncer sa décision (II, 4). Chacun des deux actes se clôt sur un dialogue entre Bérénice et sa confidente Phénice (I, 5 et II, 5). La disposition des scènes, on le voit, obéit aux règles d'une rigoureuse symétrie. La langue enfin est très représentative de l'esthétique classique : le souci d'expressivité (jeu des sonorités et des rythmes) s'accompagne d'un refus de l'emphase et de la rupture au profit d'une grande fluidité (voir par exemple scène 2, acte II).

La galanterie

Le retour de la stabilité politique après les désordres de la Fronde, le développement de la cour, lieu de divertissement et d'oisiveté, créent en France une aspiration au plaisir. Dans la société française, se développe une esthétique « galante », soucieuse de raffinement et de « bel esprit », qui se plaît aux analyses de la psychologie amoureuse et valorise la sensibilité, la sensualité et le goût des larmes : une œuvre d'art doit inspirer la tendresse, valoriser la peinture des émotions dans des termes les plus délicats possible.

L'esthétique galante trouve son origine dans les années 1630, qui voient naître le mouvement précieux, forme extrême d'un goût pour les raffinements de l'esprit, qui valorise l'esprit mondain, les belles manières et le beau langage. Préciosité et galanterie vont souvent de pair et nourrissent un courant de pensée qui perdure jusqu'à la fin des années 1670 : Molière en fait d'ailleurs la satire dans *Les Précieuses ridicules* (1659) et dans *Les Femmes savantes* (1672).

La préciosité et la galanterie sont liées au monde des salons, comme celui de Mlle de Scudéry, où les mondains se retrouvent pour discuter art et littérature. La correspondance de Mme de Sévigné offre un bel exemple de l'évolution du goût esthétique : la conversation devient un art, dont les premières qualités doivent être le naturel et l'esprit. Les esprits galants s'essaient à tous les genres, depuis les formes poétiques brèves (madrigaux, sonnets) jusqu'à la tragédie. On qualifie ainsi de « tragédies galantes » les œuvres de Quinault ou de Thomas Corneille. Cette littérature fait de l'amour son thème de prédilection. Elle s'ingénie à peindre les émotions et les peines qu'il provoque, à analyser les conduites et les décisions. Ces œuvres sont classiques parce qu'elles sont constamment soucieuses de produire une peinture du sentiment dans le cadre des contraintes et des bienséances fixées par la Raison.

Bérénice peut être définie comme la rencontre de cette esthétique galante et de l'univers tragique. La tragédie, on le sait, évoque le destin de grands hommes. Elle est le lieu de l'héroïsme triomphant, et de la victoire du grand homme sur ses passions, dans les pièces de Corneille notamment. Elle est aussi le lieu où s'affiche la force dévastatrice de ces mêmes passions : dans *Britannicus*, on constate que c'est son amour contrarié pour Junie qui pousse l'empereur Néron, le « monstre naissant », à s'engager définitivement sur la voie du crime.

Dans *Bérénice*, Racine introduit davantage de douceur et d'humanité. La violence disparaît des comportements : elle signalerait plutôt la faiblesse des héros que leur force. Avec *Bérénice*, Racine va très loin dans l'intégration de l'univers galant à l'univers tragique. La violence passionnelle et ses fureurs sont totalement absentes de la pièce, à la fin de laquelle personne ne trouve la mort. Les plus grands chagrins s'expriment avec une économie de moyens extrême, comme dans les fameux « hélas » qui rythment le déroulement de la pièce (I, 3, v. 61 ; II, 1, v. 36 ; II, 2, v. 420 ; II, 4, v. 623 ; II, 6, v. 641 ; III, 3, v. 903 et 918 ; IV, 5, v. 1153, IV, 8, 1239 ; V, 5, v. 1318, scène dernière, v. 1423 et 1506).

La puissance de la sensibilité s'exprime dans de nombreux passages. On retiendra celui-ci :

> Je fuis Titus. Je fuis ce nom qui m'inquiète,
> Ce nom qu'à tous moments votre bouche répète.
> Que vous dirai-je enfin ? Je fuis des yeux distraits
> Qui me voyant toujours ne me voyaient jamais.
> Adieu, je vais le cœur trop plein de votre image,
> Attendre en vous aimant la mort pour mon partage
> (I, 4, v. 275-280).

Ces quelques vers d'Antiochus, prononcés dans la scène 4 de l'acte I, sont en parfait accord avec le style galant de l'époque, alliance de simplicité expressive et de naturel d'une part, de références au langage amoureux hérité des poésies élégiaques antiques et du roman précieux d'autre part. On notera la simplicité du vocabulaire et de la syntaxe, le goût pour l'anaphore (« je fuis », « ce nom ») et l'antithèse (« toujours »/« jamais »), procédés choisis pour leur caractère expressif. On remarquera aussi l'utilisation des images convenues du langage amoureux (les yeux qui ne voient pas, le cœur plein de l'image de l'être aimé). La force de Racine consiste à transformer ces clichés et ces lieux communs du langage galant en moyens d'affirmation de la vérité et de l'authenticité : Antiochus est effectivement celui que l'on ne voit pas, puisqu'il est à la fois présent et absent. Ce personnage est aussi celui qui ne voit que Bérénice, qui ne vit que dans son image. Nous avons là un bel exemple du « naturel » racinien, c'est-à-dire d'un langage à la fois poétique et proche de l'expression vraie, dont les choix stylistiques traduisent l'influence qu'exerce, dans cette tragédie, l'univers de la galanterie et de la préciosité.

LE CONTEXTE RELIGIEUX : LE JANSÉNISME

L'influence des idées jansénistes

Les catholiques jansénistes, établis à l'abbaye de Port-Royal, située à une cinquantaine de kilomètres à l'ouest de Paris, voient en l'homme une créature déchue, incapable de dépasser sa propre nature dans le dévouement à des valeurs supérieures telles Dieu, l'État, la patrie ou l'honneur. Selon eux, l'homme, privé de la grâce, est incapable de faire le bien. Ce mouvement est condamné par Rome et l'histoire de ses rapports avec la couronne de France est celle d'une suite de conflits incessants qui aboutissent en 1656 à la dispersion des religieux établis à Port-Royal. Le début du règne de Louis XIV est marqué par un nouveau durcissement du pouvoir : les religieuses encore établies sur le site de l'abbaye sont sommées de condamner un ensemble de propositions théologiques attribuées à l'évêque hollandais Jansenius (1585-1638). S'ouvre alors une crise de dix ans, qui aboutit en 1669 à la Paix de l'Église, fragile compromis entre les intérêts de Rome, ceux de Port-Royal et ceux de la Couronne de France.

Racine a reçu une éducation inspirée par le jansénisme, et il a longtemps entretenu des rapports privilégiés avec cette communauté religieuse. Il fait paraître *Bérénice* en 1670, à une époque où Port-Royal sort d'une longue crise. La fragilité du compromis trouvé entre les différents acteurs de cette crise est une incitation à la prudence : nulle part dans le théâtre de Racine on ne trouvera d'allusion directe à cette actualité. Mais le pessimisme des idées religieuses enseignées à Port-Royal marque profondément les productions artistiques de l'époque. Songeons à certains personnages des comédies de Molière, que guident des passions égoïstes et aveugles ; souvenons-nous aussi des héros de *La Princesse de Clèves* (1678), à la recherche d'un bonheur inaccessible dans ce monde : tous nous évoquent le pessimisme janséniste. Pour des moralistes comme La Rochefoucauld (*Maximes*, 1665) ou La Bruyère (*Les Caractères*, 1688), la nature humaine est esclave de son amour propre. La Rochefoucauld ouvre d'ailleurs son livre par une épigraphe significative : « Nos vertus ne sont, le plus souvent, que des vices déguisés. »

Même si ses maîtres jansénistes condamnent sa carrière mondaine et théâtrale, Racine développe dans ses œuvres une vision de l'homme dont le pessimisme entre en résonance avec celui de Port Royal. Alors que le théâtre de Corneille, homme de la génération précédente, montre sans cesse la capacité de l'homme à faire le bien et à refuser le mal dans les situations les plus difficiles, le héros racinien semble voué à une solitude absolue. Privé de la grâce de Dieu, il se perd dans le péché ou est condamné à la douleur du renoncement au monde. Ce contexte religieux permet aussi d'éclairer la signification de *Bérénice*. Les événements exposés dans la pièce mettent un terme à un beau rêve. Avant qu'ils n'adviennent, l'amour entre Titus et Bérénice était tout puissant, et les regrets des héros font entendre la nostalgie d'une innocence perdue. Mais le temps de l'adéquation entre ce rêve et le monde est révolu. Dans le temps de l'amour, Titus vivait dans l'illusion, il en est conscient :

> Je pouvais vivre alors, et me laisser séduire.
> Mon cœur se gardait bien d'aller dans l'avenir
> Chercher ce qui pouvait un jour nous désunir.
> Je voulais qu'à mes yeux rien ne fût invincible,
> Je n'examinais rien, j'espérais l'impossible (IV, 5, v. 1088-1092).

Titus doit se rendre à l'évidence. Le bonheur n'est pas de ce monde, aucun héros, fût-il empereur, n'y peut rien changer. La fin de *Bérénice* est particulièrement frappante de ce point de vue : point d'héroïsme triomphant, chacun se sépare pour retrouver une solitude douloureuse. Le renoncement n'apparaît pas comme une victoire sur soi-même, où la perte de l'être aimé serait compensée par une plus grande estime de soi et une plus grande gloire. Dans sa dernière réplique, Bérénice ne s'enorgueillit pas de sa décision, mais propose qu'ils servent « tous trois d'exemple à l'univers/De l'amour la plus tendre, et la plus malheureuse/Dont il puisse garder l'histoire *douloureuse* ». La pièce, comme le dit Racine lui-même dans sa préface, se clôt sur une infinie tristesse, que le « Hélas » final poussé par Antiochus illustre parfaitement.

Bérénice : une pièce janséniste ?

Racine utilise dans *Bérénice* le cadre traditionnel de l'affrontement entre le devoir politique et le sentiment amoureux pour construire une opposition tragique simple et saisissante. Titus est simultanément obligé de régner et de vivre, mais il ne peut à la fois vivre (c'est-à-dire aussi aimer) et régner. Une telle vision doit beaucoup à la pensée janséniste. Les correspondances sont nombreuses entre l'univers de Racine et l'idéologie religieuse de Port-Royal. Les jansénistes voient dans l'homme un être nécessairement voué au déchirement et à la souffrance, puisqu'il se sait pécheur par nature tout en aspirant à un absolu. L'univers janséniste est structuré autour de trois instances : le moi (l'homme), le monde et Dieu, un Dieu qui reste « caché[1] », et ne peut aider l'homme à résoudre la contradiction qui le constitue. L'homme se retrouve donc seul au milieu du monde.

Dans *Bérénice*, deux personnages donnent à voir ce déchirement tragique : Titus d'une part, Bérénice d'autre part. La conscience qu'ils ont de ne pouvoir concilier l'absolu de l'amour et l'absolu de la gloire les conduit au renoncement et au refus. Lorsque la pièce commence, Titus a déjà acquis cette conscience tragique. En un vers, il met en évidence l'instant tragique, celui où il signifie son refus en disant un dernier adieu à ce qu'il aime dans le monde :

> Et je vais lui parler pour la dernière fois (II, 2, v. 490).

Titus sait d'emblée qu'il n'y a pas de conciliation possible entre ses valeurs et les nécessités du monde. Le parcours de Bérénice est différent, puisqu'elle doit acquérir cette même certitude. Ce n'est qu'à l'acte V que ses mots peuvent faire écho à ceux de Titus :

> Pour la dernière fois, adieu, Seigneur (V, scène dernière, v. 1506).

Le monde est représenté par Antiochus : il est celui qui se laisse porter par les changements circonstanciels, celui qui espère toujours alors que Titus sait tout espoir impossible et vain. Racine parvient à inscrire une vision tragique singulière, liée à la pensée janséniste, dans le cadre traditionnel de l'affrontement de l'amour et de la gloire. L'action tragique

1. *Dieu qui reste « caché »* : nous reprenons ici l'expression utilisée par Lucien Goldmann dans son ouvrage *Le Dieu caché, op. cit.*

naît de la nécessité pour Titus de ne commettre de faute ni envers Bérénice ni envers Rome : l'amour et la gloire lui sont à la fois nécessaires et inconciliables, aussi doit-il se séparer de Bérénice sans détruire leur amour. Lucien Goldmann décrit ainsi la position de Titus :

> Placé ainsi entre le règne et l'amour, ne pouvant vivre avec aucun des deux s'il doit sacrifier l'autre, il ne lui reste que l'abandon de la vie, physique dans le suicide, ou moral dans un règne qui ne sera « qu'un long bannissement[1].

Titus offre donc une image possible de la condition tragique de l'homme telle que la définissent les jansénistes. Cette lecture peut sembler partielle, dans la mesure où la pièce constitue aussi un hommage discret mais réel, on l'a vu, à une figure impériale romaine (Titus) derrière laquelle il convient sans doute d'identifier une figure royale française (Louis XIV). Mais elle a cependant le mérite de montrer comment Racine inscrit le genre tragique, qu'il renouvelle profondément, dans une vision globale des rapports entre le pouvoir et le sentiment.

Bérénice est une œuvre profondément originale, aussi bien en ce qui concerne sa signification religieuse que sa signification politique. Comme le jansénisme, elle montre l'impossibilité du bonheur dans ce monde. Mais contrairement à ce qui se passe dans d'autres pièces, la rupture entre les héros et le monde se fait ici sans violence, dans une atmosphère presque apaisée. La pièce, on l'a également dit, exalte la figure royale... tout en soulignant aussi, on vient de le voir, les limites de son pouvoir. Discrètement marquée par les idées du jansénisme, inscrite dans un contexte politique qui est celui de l'établissement de la monarchie absolue, elle illustre la complexité des rapports entre une œuvre d'art et son époque, en même temps qu'elle constitue une étape marquante de la vie de Racine.

LE CONTEXTE BIOGRAPHIQUE

Les années de formation

Né en 1639 dans une famille très modeste, Racine se retrouve orphelin à trois ans. Il est recueilli par sa grand-mère, qu'il accompagne à l'ab-

1. L. Goldmann, *op. cit.*, p. 377.

baye de Port-Royal-des-Champs lorsqu'elle décide de s'y retirer. Il y reçoit une éducation solide et austère, dispensée par les jansénistes et vit à l'écart du monde. Lorsque le pouvoir fait fermer les Petites Écoles de Port-Royal en 1660, Racine part à Paris chez son cousin.

Décidé à faire une carrière littéraire, mû par une ambition hors du commun, il se fait remarquer par des poèmes à la gloire du roi. En 1664, il fait jouer sa première pièce, *La Thébaïde*, par la troupe de Molière, au Palais-Royal. Le demi-échec qu'il rencontre alors est balayé par le vif succès que connaît l'année suivante sa deuxième pièce, *Alexandre le Grand*, tragédie romanesque et galante conforme au goût de l'époque. Soucieux d'amplifier ce succès, il retire la pièce à Molière et la confie à la troupe de l'Hôtel de Bourgogne, plus appréciée dans le jeu tragique.

Trois salles se partagent la vie théâtrale de l'époque : l'Hôtel de Bourgogne d'abord, dans lequel Corneille fait jouer toutes ses pièces à partir de 1644 ; le théâtre du Marais ensuite, qui a vu la création des premières pièces de Corneille, et se spécialise à partir de 1660 dans les pièces à machines[1] ; la salle du Palais-Royal enfin, dirigée à partir de 1661 par Molière. Le passage du Palais-Royal à l'Hôtel de Bourgogne s'explique à la fois par les ambitions personnelles de Racine et par ses relations privilégiées avec une grande actrice de l'Hôtel de Bourgogne, la Champmeslé, qui remporte un énorme succès dans les rôles de Bérénice (1670) et d'Iphigénie (en 1674).

La carrière mondaine

Le succès public de Racine lui attire les foudres de ses anciens maîtres de Port-Royal : Pierre Nicole dans *Les Visionnaires* (1664-1666) accuse les auteurs de théâtre d'être des « empoisonneurs de l'âme ». Racine rompt alors violemment avec les jansénistes, même si son œuvre reste marquée par leur vision du monde. La carrière de Racine connaît dans les années 1660 une accélération fulgurante. En 1667, *Andromaque* est un triomphe, et Racine devient un auteur reconnu. Dès lors, il enchaîne les succès : *Les Plaideurs* (son unique comédie, 1668), *Britannicus* (1669),

1. *Pièces à machines* : genre qui désigne les pièces faisant un grand usage de l'appareil scénique de l'époque (décors multiples, vols, trappes mécaniques, feu, fumée) et développant des sujets mythologiques.

Bérénice (1670), *Bajazet* (1672), *Mithridate* (un très grand succès, 1673), *Iphigénie* (1674), *Phèdre* (1677). Le jeune orphelin voit ses ambitions comblées : il est riche, connaît les honneurs, fréquente les hautes sphères littéraires et côtoie le pouvoir. En 1677, il est chargé, avec Boileau, d'écrire l'histoire officielle du règne de Louis XIV.

Cette charge d'historiographe du roi ne lui permet plus d'écrire pour le théâtre. C'est alors qu'il semble revenir au rigorisme de sa jeunesse : il se marie et devient un fervent catholique, accompagnant l'évolution du roi qui devient lui-même dévot sous l'influence de Mme de Maintenon. Racine ne reviendra au théâtre que sur la demande de Louis XIV avec deux tragédies religieuses (*Esther*, 1689, et *Athalie*, 1691), destinées aux jeunes pensionnaires du couvent fondé par Mme de Maintenon (Saint-Cyr). À sa mort en avril 1699, il est enterré, conformément à sa propre volonté, dans le cimetière de Port-Royal.

La rivalité entre Racine et Corneille : l'affrontement de deux générations

Le prestige de Pierre Corneille (1606-1684) est encore immense en 1670 lorsque Racine écrit *Bérénice*. Si le dramaturge de la génération de Louis XIII s'est éloigné du théâtre dans les années 1650, l'édition en 1661 de ses œuvres complètes, accompagnées de ses *Examens* et des *Trois discours sur le poème dramatique* rappelle à chacun que l'auteur du *Cid* reste la référence de l'écriture dramatique de l'époque. Avec *Britannicus* (1669), Racine s'affirme comme son rival. En effet, pour la première fois, il choisit un sujet tiré de l'histoire romaine, domaine de prédilection de son aîné. Cette rivalité est accentuée par une polémique entretenue par les partisans de Corneille, défenseurs de valeurs héroïques qu'ils opposent à la « galanterie » de Racine. Racine lui-même ne fait rien pour apaiser le conflit : dans sa préface à l'édition de *Britannicus*, il justifie ses choix dramaturgiques en multipliant les allusions désobligeantes à Corneille :

> Que faudrait-il pour contenter des juges si difficiles[1] ? La chose serait aisée, pour peu qu'on voulût trahir le bon sens. Il ne faudrait que s'écarter du naturel pour se jeter dans l'extraordinaire.

1. *Des juges si difficiles* : il s'agit des partisans de Corneille qui ont vivement critiqué sa pièce lors de ses représentations.

Au lieu d'une action simple, chargée de peu de matière, telle que doit être une action qui se passe en un seul jour, et qui s'avançant vers sa fin, n'est soutenue que par les intérêts, les sentiments et les passions des personnages, il faudrait remplir cette même action de quantité d'incidents qui ne se pourraient passer qu'en un mois, d'un grand nombre de jeux de théâtre, d'autant plus surprenants qu'ils seraient moins vraisemblables, d'une infinité de déclamations où l'on ferait dire aux acteurs tout le contraire de ce qu'ils devraient dire. Il faudrait par exemple représenter quelque héros ivre [1], qui se voudrait faire haïr de sa maîtresse de gaieté de cœur, un Lacédémonien grand parleur [2], un conquérant qui ne débiterait que des maximes d'amour [3], une femme qui donnerait des leçons de fierté à des conquérants [4].

Racine oppose ainsi la simplicité de ses choix dramaturgiques à l'invraisemblance et à l'extraordinaire cornéliens. La rivalité entre les deux hommes atteint son point culminant en 1670. Corneille propose en effet sa pièce intitulée *Tite et Bérénice* une semaine seulement après la première de *Bérénice* de Racine. La pièce de Racine remporte le plus grand succès, mais la querelle reste ouverte, et les défenseurs de Corneille se font entendre. Dès les premiers jours de 1671, paraît un libelle intitulé la *Critique de « Bérénice »*, signé par l'abbé de Villars [5], qui s'en prend vivement à la tragédie de Racine, qui répond à ces attaques dans sa Préface. Villars reproche notamment à Racine d'avoir réduit l'action à un « tissu de madrigaux [6] et d'élégies », d'avoir créé des personnages d'une dignité trop basse, d'avoir corrompu le style noble de la tragédie par des tournures familières.

L'ampleur de cette polémique autour de *Bérénice* est significative. Certes, *Phèdre* provoque une querelle beaucoup plus vive quelques années plus tard (en 1677), mais *Bérénice* marque très clairement la

1. *Quelque héros ivre* : allusion à l'*Attila* (1667) de Corneille. \ 2. *Lacédémonien grand parleur* : allusion à *Agélisas* (1666) de Corneille. \ 3. *Un conquérant* [...] *maximes d'amour* : allusion à César dans *La Mort de Pompée* (1643) de Corneille. \ 4. *Une femme* [...] *des conquérants* : allusion à Cornélie, femme de Pompée, dans *La Mort de Pompée*. \ 5. L'abbé de Villars n'est pas un farouche partisan de Corneille, puisqu'il rédige également un libelle contre *Tite et Bérénice*, mais il est un défenseur des « règles » établies par l'abbé d'Aubignac, un docte préoccupé d'orthodoxie dramaturgique. \ 6. *Madrigaux* : petit poème galant.

singularité du projet racinien à la fois par rapport à son prestigieux aîné et par rapport au théâtre de son temps. Avec cette tragédie, Racine entend renouveler le genre tragique, comme il l'affirme d'ailleurs lui-même dans sa Préface.

L'opposition de deux pièces : Bérénice *face à* Tite et Bérénice

• Deux versions de la rupture

Si Corneille et Racine traitent du même sujet, le travail qu'ils font subir à la matière historique initiale révèle l'affrontement de deux dramaturgies. On l'a vu (p. 106), l'histoire romaine présente deux versions de la séparation des amants Titus et Bérénice, celle de Suétone et celle de Dion Cassius. Racine a lu Suétone, qu'il cite au début de sa Préface, et Corneille tire sa matière de Don Cassius, qui présente une version sans doute plus exacte historiquement, mais qui n'est pas celle retenue par la génération de Racine. La mode galante préfère en effet le mythe de la séparation contrainte et forcée de deux parfaits amants aux aléas historiques d'une séparation en deux temps, qui perd de son exemplarité[1].

C'est dans un souci de vérité historique que Corneille croise les amours de Titus et Bérénice avec celles de deux autres personnages, Domitie et Domitien. Dans *Tite et Bérénice,* Domitie, romaine de haute naissance, doit épouser Tite (Titus) devenu empereur. Elle a beau être amoureuse du frère de ce dernier, Domitian (le futur empereur Domitien), elle préfère pourtant la gloire à l'amour. Domitian tente en vain de persuader Titus de renoncer à ce mariage politique. Le retour inopiné de Bérénice à l'acte II ébranle la décision de Titus et excite la jalousie de Domitie. Dans leur première entrevue, Bérénice reproche à Tite d'épouser Domitie par pure nécessité politique. Titus se déclare alors prêt à abandonner l'empire pour suivre Bérénice, mais celle-ci refuse : elle lui fait promettre de garder l'empire, mais de refuser Domitie.

Domitian, sûr des sentiments de Tite envers Bérénice, et mû par l'espoir de récupérer Domitie, plaide la cause de Bérénice devant le Sénat

1. En 1670, Bérénice est devenue une héroïne de roman, très éloignée de la Bérénice historique. Elle apparaît notamment dans *Les Femmes illustres* de Mlle de Scudéry (1642), dans un roman inachevé de Segrais (*Bérénice,* 1648-1649) et dans une tragi-comédie de Magnon (*Tite,* 1660).

romain, hostile à la reine de Judée. Dans le dernier acte, Tite affronte Domitie à qui il reproche de ne l'aimer que par ambition. De son côté, Bérénice annonce qu'elle est prête à quitter Rome par amour pour Tite avant d'y être contrainte par le Sénat. Domitian revient alors : il annonce que le Sénat accepte le mariage de Tite et Bérénice. Mais cette dernière préfère partir pour ne pas mettre en danger la vie et la couronne de celui qu'elle aime.

• Deux conceptions dramaturgiques

Les deux auteurs traitent donc du même sujet, mais différemment : Racine choisit la version mythique issue de Suétone et de l'imagerie galante. Il nous raconte comment Titus est parvenu à renvoyer Bérénice une fois pour toutes, et il donne, on l'a vu, un plus grand éclat à la séparation en la présentant comme la décision d'un homme seul, qui dispose pourtant de tous les pouvoirs après la mort de son père Vespasien. Pour magnifier l'action de Titus, Racine n'hésite pas à bouleverser la chronologie historique, et à placer après la mort de Vespasien des événements qui se sont sans doute déroulés avant.

Corneille, pour sa part, suit la chronologie historique. Il montre comment et pourquoi Titus, séparé une première fois de Bérénice et devenu empereur, ne l'a pas épousée lors de son retour à Rome. « Une même histoire, mais deux sujets différents », comme le remarque le critique Georges Forestier. L'intrigue de Corneille est riche, nourrie de l'implication d'un autre couple amoureux (Domitie et Domitian) ; Racine la réduit à sa plus simple expression. La Bérénice de Corneille décide seule de son départ, puisque le Sénat accepte son mariage avec l'empereur. Elle quitte Rome et Titus par amour de la gloire, c'est une authentique héroïne qui entend maîtriser son destin :

> Si je vous en croyais, si je voulais m'en croire,
> Nous pourrions vivre heureux, mais avec moins de gloire (V, 6)[1].

Au contraire, Racine nous montre une Bérénice progressivement amenée à accepter une séparation qu'elle refuse, et qui cause à tout le monde un infini chagrin. La différence entre les deux pièces s'exprime d'ailleurs dans

1. Voir texte 2, p. 131.

leur sous-titre. *Bérénice* de Racine est désignée comme une « tragédie », dans laquelle des rois et des reines subissent un destin contraire. *Tite et Bérénice* est désignée comme une comédie héroïque : Corneille préfère donc le terme générique de comédie[1], qu'il justifie en précisant que la qualité des personnages mis en scène n'est pas en cause (il s'agit bien de princes, de princesses, de « héros »). Il préfère ce terme à celui trop imposant de « tragédie », qu'il réserve à des sujets plus nobles et plus sanglants.

LA RÉCEPTION DE LA PIÈCE

LE XVIIe SIÈCLE : UN TRIOMPHE CONTESTÉ

Un succès galant

Bérénice est créée le 21 novembre 1670 à l'Hôtel de Bourgogne, avec la Champmeslé[2] dans le rôle principal. La pièce est représentée trente fois, signe à l'époque d'un réel succès, comme le signale Racine dans sa Préface :

> [...] je ne puis croire que le public me sache mauvais gré de lui avoir donné une tragédie qui a été honorée de tant de larmes, et dont la trentième représentation a été aussi suivie que la première.

Preuve de l'engouement qu'elle suscite, elle est choisie pour être représentée devant la cour lors du mariage du duc de Nevers et de Mlle de Thianges. Le roi semble l'avoir appréciée : « Vous avez été témoin du bonheur qu'elle a eu de ne pas déplaire à Sa Majesté », rappelle Racine à Colbert dans son épître dédicatoire.

Il semble que ce succès ait été d'abord un succès d'émotion, qui flattait le goût galant pour les amours malheureuses et les larmes. La corres-

1. *Comédie* : au XVIIe siècle, le terme de comédie désigne d'abord toute œuvre dramatique avant de désigner une pièce comique. \ 2. *La Champmeslé* : maîtresse de Racine, elle était considérée comme la plus grande tragédienne de son temps : « Qui ne connaît l'inimitable actrice/Représentant ou Phèdre ou Bérénice,/Chimène en pleurs, ou Camille en fureur ?/Est-il quelqu'un que votre voix n'enchante ?/S'en trouve-t-il une autre aussi touchante,/Une autre enfin allant si droit au cœur ? » (La Fontaine, *Contes et nouvelles*, V, 7).

pondance de Mme Bossuet (belle sœur du fameux prélat) nous en donne une idée :

> Je suis très fâchée de ne pouvoir vous envoyer la *Bérénice* de Racine ; je l'attends de Paris ; je suis assurée qu'elle vous plaira ; mais il faut pour cela que vous soyez en goût de tendresse, je dis de la plus fine, car jamais femme n'a poussé si loin l'amour et la délicatesse qu'a fait celle-là. Mon Dieu ! la jolie maîtresse ! (*Lettre au comte Bussy-Rabutin*, 28 juillet 1671).

Les attaques des doctes

Ce succès public est contesté par les défenseurs de l'orthodoxie tragique. La *Critique de « Bérénice »* de l'abbé de Villars, qui paraît au début de 1671, attaque la pièce de Racine au nom des principes dramaturgiques énoncés par d'Aubignac : *Bérénice* serait tout sauf une tragédie. Ce serait une pièce mal construite, un « tissu galant de madrigaux et d'élégies », dont le style n'est pas à la hauteur du genre, qui ne nous montre pas un « héros romain [...], mais seulement un amant fidèle », dont le sujet même n'a rien de tragique et qui étire complaisamment une matière indigente :

> Toute cette pièce, si l'on y prend garde, n'est que la matière d'une scène, où Titus voudrait quitter Bérénice [...]. N'est-il pas plus adroit, sans aller s'embarrasser d'incidents, d'avoir ménagé cette scène et d'en avoir fait cinq actes ? [...] sans le prince de Comagène qui est naturellement prolixe en lamentations et en irrésolutions, et qui a toujours un *toutefois* ou un *hélas* de poche pour amuser le théâtre, il est certain que toute cette affaire s'expédierait en un quart d'heure et que jamais action n'a si peu duré.

De Villars s'attaque à la nature même de l'action dans *Bérénice* (sur laquelle nous reviendrons, car elle est effectivement problématique), simple prétexte, selon lui, à la déclamation d'un long poème amoureux éloigné de la grandeur tragique.

VERS L'OUBLI (XVIIIe ET XIXe SIÈCLE)

De 1680 à 1900, *Bérénice* est la moins jouée, la moins éditée, la moins appréciée des tragédies de Racine. Si elle fait une carrière honorable au XVIIIe siècle (cent dix représentations jusqu'en 1770), elle est clairement rejetée par l'époque romantique. Même les actrices réputées ne parviennent pas à imposer « la tristesse majestueuse[1] » de cette tragédie trop contraire aux élans de l'âme romantique. « Charmante et mélodieuse faiblesse dans l'œuvre de Racine » selon Sainte-Beuve (*Portraits littéraires*, 1844), « élégie dramatique qui renferme des morceaux pleins d'une grâce un peu molle et d'une sensibilité un peu larmoyante » selon Théophile Gautier (*L'Art dramatique en France depuis vingt-cinq ans*, 1858), *Bérénice* surprend et déconcerte un XIXe siècle où s'exprime en outre le rejet romantique de l'esthétique classique et du modèle racinien.

Si Corneille et Molière peuvent rester des modèles pour le drame romantique, comme on le voit dans *La Préface de Cromwell* (1827) de Victor Hugo, Racine est considéré comme trop respectueux des règles. Le mélange des genres et la fantaisie prônés par les romantiques semblent très éloignés des principes de la dramaturgie racinienne. Cela est d'autant plus vrai pour *Bérénice* qui rejette la violence des affrontements passionnels et privilégie les lamentations élégiaques.

UNE ŒUVRE REDÉCOUVERTE AU XXe SIÈCLE

C'est grâce à l'interprétation que donne Julia Bartet du rôle principal, en 1893, que la pièce reprend vie sur la scène. En montrant une Bérénice toute en délicatesse et en nuances, la comédienne permet au public, revenu des débordements romantiques, de redécouvrir la majesté élégiaque de l'œuvre de Racine. Sans imposer une interprétation définitive, cette redécouverte de la fin du XIXe siècle ouvre la voie à une réhabilitation scénique de l'œuvre.

Depuis 1960, *Bérénice* vient au quatrième rang des pièces de Racine par le nombre de représentations, d'éditions et d'analyses (après *Andromaque*, *Phèdre* et *Britannicus*). Cette réhabilitation s'explique d'abord

1. Préface de Racine.

par le renouveau de la critique littéraire racinienne, qui a rendu à l'œuvre sa singularité, en montrant qu'elle pouvait aussi se définir hors du cadre étroit du classicisme. Ce regain d'intérêt s'explique ensuite par les nombreuses relectures que proposent les metteurs en scène de ce texte (Gaston Baty en 1946, Jean-Louis Barrault en 1955, Roger Planchon en 1966, Antoine Vitez en 1980). Tragédie de la parole, expression pure et retenue de la douleur amoureuse, l'œuvre, construite selon les principes classiques, frappe pourtant par une modernité perceptible notamment dans son économie de moyens et dans le rôle fondamental accordé à la parole.

La mise en scène d'Antoine Vitez (1980)

Pour Antoine Vitez, il s'agit par exemple de préserver l'indéniable étrangeté du texte classique (liée à son éloignement historique), tout en lui donnant une présence moderne et contemporaine. Son travail sur *Bérénice*, qu'il met en scène en 1980 au théâtre des Quartiers-d'Ivry, veut illustrer la nature singulière de la parole :

> Il n'est de vérité que dite. C'est ce que tout Racine enseigne. Phèdre, et Antiochus, et Titus. Tant qu'on n'a fait que savoir soi-même la vérité, laissant entendre seulement qu'on pourrait la dire, on n'a rien fait. Il faut parler. Toujours me reviennent en mémoire ces vers admirables de la bouche qui ne peut s'ouvrir [1] :
> « Il y a des choses que je ne dis à personne Alors
> Elles ne font de mal à personne Mais
> Le malheur c'est
> Que moi
> Le malheur le malheur c'est
> Que moi ces choses je les sais [2]. »

Ces notes de travail permettent de saisir la modernité, ou plus exactement l'actualité, de *Bérénice* pour le metteur en scène. Tout réside dans la difficulté que l'on éprouve à dire la vérité. Antiochus doit avouer à

---

1. *Ces vers admirables* [...] : Vitez cite les vers d'un poème de Louis Aragon, *Le Fou d'Elsa*.\ **2.** A. Vitez, *Écrits sur le théâtre, 3, La Scène, 1975-1983*, Paris, POL, 1996, p. 177.

Bérénice qu'il l'aime, Titus doit annoncer à Bérénice qu'il la quitte[1]. Antoine Vitez construit sa mise en scène sur la mise en évidence de la simplicité tragique de la pièce, et il fait le choix de la simplicité scénique :

> Pour jouer cette histoire, nous essaierons de retrouver les lois de la tragédie française, et d'abord sa lumière. Point d'effet brutal, point de faisceau qui viole l'épaisseur noire de la salle. Il ne s'agit après tout que d'une conversation sous les lustres. Mais pleine de dangers : on se fait des blessures atroces par les mots qu'on dit, on ne crie pas, on ne se touche pas, la tête éclate[2].

La mise en scène de Klaus Michael Grüber (1984)

Une autre mise en scène marquante est celle de Klaus Michael Grüber à la Comédie-Française en 1984. Lui aussi fait le choix d'une extrême économie de moyens pour rendre toute la pureté de la pièce de Racine. Les acteurs bougent peu, ne font aucun effet de voix. Le metteur en scène conçoit avec son scénographe, Gilles Aillaud, un décor qui met en évidence l'opposition entre Rome et Titus d'un côté, et l'Orient et Bérénice de l'autre. D'un côté du plateau, une coupole recouverte de briques, de l'autre, un mur peint en rouge, avec une ouverture vert clair et un rideau transparent que du vent artificiel remue constamment. Le sol est recouvert de mosaïques d'inspiration romaine de l'époque de Dioclétien. Sous la coupole est posée une pierre assez volumineuse, qui s'oppose à la légèreté aérienne du rideau et de la partie du plateau consacrée à Bérénice. Voici comment le scénographe décrit la mise en scène de Grüber :

> Comme toujours chez Grüber, les acteurs ne bougeaient pas beaucoup. Et là, encore moins. C'est une tragédie où tout est immobile, le désastre est accompli. C'est comme un feu déjà éteint mais dans lequel il reste des braises. C'est en définitive peut-être plus le décor que les acteurs qui apportait le mouvement, avec la fenêtre ouverte et le rideau qui s'agitait[3].

1. Pour connaître le détail de cette mise en scène, on pourra lire *Vitez. Toutes ses mises en scène*, Jean-Cyrille Godefroy, 1981, p. 189-196. \ **2.** Antoine Vitez, *op. cit.*, p. 175. \ **3.** Interview de Gilles Aillaud, parue dans *Théâtre aujourd'hui*, CNDP, 1993.

Le décor est à la fois une transcription scénique de ce qui est inscrit dans le texte et une interprétation du texte qui s'inscrit dans le projet du metteur en scène : les éléments scéniques posent un cadre qui structure l'espace et donne à voir les forces en présence. À l'intérieur de ce cadre, Grüber met en évidence la puissance des mots. Pour lui, le « désastre » est déjà accompli (Titus a pris sa décision), il ne reste plus qu'à l'annoncer. C'est là toute l'action.

Ces deux mises en scène marquantes permettent de saisir l'une des caractéristiques de *Bérénice* qui a le plus intéressé les lecteurs de la deuxième moitié du XXe siècle : la place singulière qui occupe le langage.

GROUPEMENT DE TEXTES : LE RENONCEMENT AMOUREUX AU THÉÂTRE

Après avoir lu l'ensemble des textes 1 à 4, vous répondrez aux questions suivantes :

1. Mettez en évidence dans chaque texte de quelle façon le devoir ou l'honnêteté s'oppose à l'amour. Définissez pour chaque texte ce que ces termes (amour, devoir, honnêteté) peuvent signifier.

2. Comparez la tirade de Bérénice dans la pièce de Corneille (texte 2) et celle de Bérénice au dernier acte de la pièce de Racine (v. 1469 à 1506). Quels sont les points communs et les différences entre les deux héroïnes ? Vous vous attacherez non seulement aux motivations de leur renoncement, mais également à l'expression de ces motivations.

TEXTE 1 • Pierre Corneille, *Polyeucte* (1642), acte IV, scène 3

Dans cette pièce, qui fut l'un des plus grands succès de Corneille, Polyeucte, seigneur arménien, se convertit au catholicisme et brise les idoles païennes. Arrêté par son beau-père, gouverneur de la province romaine, et condamné à mort, il refuse d'abjurer malgré les supplications de sa femme Pauline.

PAULINE

Cruel ! car il est temps que ma douleur éclate,
Et qu'un juste reproche accable une âme ingrate ;
Est-ce là ce beau feu [1] ? sont-ce là tes serments ?
Témoignes-tu pour moi les moindres sentiments ?
Je ne te parlais point de l'état déplorable
Où ta mort va laisser ta femme inconsolable ;
Je croyais que l'amour t'en parlerait assez,
Et je ne voulais pas de sentiments forcés ;
Mais cette amour si ferme et si bien méritée,
Que tu m'avais promise, et que je t'ai portée,
Quand tu veux me quitter, quand tu me fais mourir,
Te peut-elle arracher une larme, un soupir ?
Tu me quittes, ingrat, et le fais avec joie ;
Tu ne la caches pas, tu veux que je la voie ;
Et ton cœur, insensible à ces tristes appas,
Se figure un bonheur où je ne serais pas !
C'est donc là le dégoût qu'apporte l'hyménée [2] ?
Je te suis odieuse après m'être donnée !

POLYEUCTE

Hélas !

PAULINE

Que cet hélas a de peine à sortir !
Encor s'il commençait un heureux repentir,
Que, tout forcé qu'il est, j'y trouverais de charmes !
Mais courage, il s'émeut, je vois couler des larmes.

POLYEUCTE

J'en verse, et plût à Dieu qu'à force d'en verser
Ce cœur trop endurci se pût enfin percer !
Le déplorable état où je vous abandonne
Est bien digne des pleurs que mon amour vous donne ;
Et si l'on peut au ciel sentir quelques douleurs,

1. *Ce beau feu* : métaphore convenue pour l'amour. \ 2. *L'hyménée* : le mariage.

J'y pleurerai pour vous l'excès de vos malheurs.
Mais si, dans ce séjour de gloire et de lumière,
Ce Dieu tout juste et bon peut souffrir ma prière,
S'il daigne écouter un conjugal amour,
Sur votre aveuglement il répandra le jour.
Seigneur, de vos bontés il faut que je l'obtienne :
Elle a trop de vertus pour n'être pas chrétienne ;
Avec trop de mérite il vous plut la former,
Pour ne vous pas connaître et ne vous pas aimer,
Pour vivre des enfers esclave infortunée,
Et sous leur triste joug mourir comme elle est née.

PAULINE

Que dis-tu, malheureux ? qu'oses-tu souhaiter ?

POLYEUCTE

Ce que de tout mon sang je voudrais acheter.

PAULINE

Que plutôt…

POLYEUCTE

C'est en vain qu'on se met en défense :
Ce Dieu touche les cœurs lorsque moins on y pense.
Ce bienheureux moment n'est pas encor venu ;
Il viendra, mais le temps ne m'en est pas connu.

PAULINE

Quittez cette chimère, et m'aimez…

POLYEUCTE

Je vous aime,
Beaucoup moins que mon Dieu, mais bien plus que moi-même.

PAULINE

Au nom de cet amour, ne m'abandonnez pas.

POLYEUCTE
Au nom de cet amour, daignez suivre mes pas.

PAULINE
C'est peu de me quitter, tu veux donc me séduire ?

POLYEUCTE
C'est peu d'aller au ciel, je veux vous y conduire.

PAULINE
Imaginations !

POLYEUCTE
Célestes vérités !

PAULINE
Étrange aveuglement !

POLYEUCTE
Éternelles clartés !

PAULINE
Tu préfères la mort à l'amour de Pauline !

POLYEUCTE
Vous préférez le monde à la bonté divine !

PAULINE
Va, cruel, va mourir ; tu ne m'aimas jamais.

POLYEUCTE
Vivez heureuse au monde, et me laissez en paix.

PAULINE
Oui, je t'y vais laisser ; ne t'en mets plus en peine.

TEXTE 2 • Pierre Corneille, *Tite et Bérénice* (1670), acte V, scène dernière

Rome vient de donner son assentiment au mariage de son nouvel empereur, Titus, et de la reine orientale, Bérénice. Mais cette dernière renonce à son amour avant même qu'il ait pu lui proposer de l'épouser.

BÉRÉNICE

Rome a sauvé ma gloire en me donnant sa voix,
Sauvons-lui vous et moi la gloire de ses lois,
Rendons-lui vous et moi cette reconnaissance
D'en avoir pour vous plaire affaibli la puissance,
De l'avoir immolée à vos plus doux souhaits ;
On nous aime, faisons qu'on nous aime à jamais.
D'autres sur votre exemple épouseraient des Reines
Qui n'auraient pas, Seigneur, des âmes si romaines,
Et lui feraient peut-être avec trop de raison
Haïr votre mémoire et détester mon nom.
Un refus généreux de tant de déférence
Contre tous ces périls nous met en assurance.

TITE

Le Ciel de ces périls saura trop nous garder.

BÉRÉNICE

Je les vois de trop près pour vous y hasarder.

TITE

Quand Rome vous appelle à la grandeur suprême…

BÉRÉNICE

Jamais un tendre amour n'expose ce qu'il aime.

TITE

Mais, Madame, tout cède, et nos vœux exaucés…

BÉRÉNICE

Votre cœur est à moi, j'y règne, et c'est assez.

TITE

Malgré les vœux publics refuser d'être heureuse,
C'est plus craindre qu'aimer.

BÉRÉNICE

La crainte est amoureuse.
Ne me renvoyez pas, mais laissez-moi partir,
Ma gloire ne peut croître et peut se démentir.
Elle passe aujourd'hui celle du plus grand homme,
Puisqu'enfin je triomphe, et dans Rome, et de Rome,
J'y vois à mes genoux le peuple et le Sénat,
Plus j'y craignais de honte et plus j'y prends d'éclat,
J'y tremblais sous sa haine, et la laisse impuissante,
J'y rentrais exilée, et j'en sors triomphante.

TITE

L'amour peut-il se faire une si dure loi ?

BÉRÉNICE

La raison me la fait malgré vous, malgré moi,
Si je vous en croyais, si je voulais m'en croire,
Nous pourrions vivre heureux, mais avec moins de gloire.
Épousez Domitie, il ne m'importe plus
Qui vous enrichissiez d'un si noble refus.
C'est à force d'amour que je m'arrache au vôtre,
Et je serais à vous si j'aimais comme une autre.
Adieu, Seigneur, je pars.

TEXTE 3 • Jean Racine, *Mithridate* (1673), acte II, scène 6

Dans cette tragédie, qui remporta un triomphe auprès du public de son époque, Racine prend à nouveau un sujet tiré de l'histoire romaine : alors que l'on croit le vieux roi Mithridate, ennemi juré des Romains, mort, ses deux fils, Xipharès et Pharnace, se disputent l'amour de la jeune Monime, que leur père devait épouser. Xipharès et Monime croient pouvoir enfin partager leur amour réciproque lorsque Mithridate resurgit. Les deux amants doivent renoncer l'un à l'autre.

MONIME

Ah ! par quel soin cruel le ciel avait-il joint
Deux cœurs que l'un pour l'autre il ne destinait point ?
Car quel que soit vers vous le penchant qui m'attire,
Je vous le dis, Seigneur, pour ne plus vous le dire,
Ma gloire me rappelle et m'entraîne à l'autel
Où je vais vous jurer un silence éternel[1].
J'entends, vous gémissez. Mais telle est ma misère.
Je ne suis point à vous, je suis à votre père.
Dans ce dessein, vous-même, il faut me soutenir,
Et de mon faible cœur m'aider à vous bannir.
J'attends du moins, j'attends de votre complaisance
Que désormais partout vous fuirez ma présence.
J'en viens de dire assez pour vous persuader
Que j'ai trop de raisons de vous le commander.
Mais après ce moment, si ce cœur magnanime
D'un véritable amour a brûlé pour Monime,
Je ne reconnais plus la foi de vos discours
Qu'au soin que vous prendrez de m'éviter toujours.

XIPHARÈS

Quelle marque, grands Dieux, d'un amour déplorable[2] !
Combien en un moment heureux et misérable !
De quel comble de gloire et de félicités,
Dans quel abîme affreux vous me précipitez !
Quoi ! j'aurai pu toucher un cœur comme le vôtre ?
Vous aurez pu aimer ? et cependant un autre
Possédera ce cœur dont j'attirais les vœux ?
Père injuste, cruel, mais d'ailleurs malheureux !
Vous voulez que je fuie et que je vous évite ?
Et cependant le Roi m'attache à votre suite.
Que dira-t-il ?

1. *L'autel/Où je vais vous jurer un silence éternel* : il s'agit de l'autel où elle doit épouser Mithridate.
\ 2. *Déplorable* : digne d'être pleuré.

MONIME
N'importe, il me faut obéir.
Inventez des raisons qui puissent l'éblouir.
D'un héros tel que vous c'est là l'effort suprême :
Cherchez, Prince, cherchez, pour vous trahir vous-même,
Tout ce que, pour jouir de leurs contentements,
L'amour fait inventer aux vulgaires amants.
Enfin je me connais, il y va de ma vie.
De mes faibles efforts ma vertu se défie.
Je sais qu'en vous voyant, un tendre souvenir
Peut m'arracher du cœur quelque indigne soupir ;
Que je verrai mon âme, en secret déchirée,
Revoler vers le bien dont elle est séparée.
Mais je sais bien aussi que s'il dépend de vous
De me faire chérir un souvenir si doux,
Vous n'empêcherez pas que ma gloire offensée
N'en punisse aussitôt la coupable pensée ;
Que ma main dans mon cœur ne vous aille chercher,
Pour y laver ma honte, et vous en arracher.
Que dis-je ? En ce moment, le dernier qui nous reste,
Je me sens arrêter par un plaisir funeste.
Plus je vous parle, et plus, trop faible que je suis,
Je cherche à prolonger le péril que je fuis.
Il faut pourtant, il faut se faire violence,
Et sans perdre en adieux un reste de constance,
Je fuis. Souvenez-vous, Prince, de m'éviter,
Et méritez les pleurs que vous m'allez coûter.

TEXTE 4 • Paul Claudel, *Partage de Midi*, acte premier (1948)

Paris, Gallimard.

Ce drame symboliste met en scène l'impossible amour de Mesa et d'Ysé, qui se rencontrent sur un bateau à destination de la Chine. Mesa est déchiré entre son amour de Dieu et l'amour qu'il éprouve pour Ysé ; Ysé refuse cet amour qu'elle pressent funeste pour lui et pour elle.

YSÉ. – Non, non, il ne faut point m'aimer. Non, Mesa, il ne faut point m'aimer.
Cela ne serait point bon.
Vous savez que je suis une pauvre femme. Restez le Mesa dont j'ai besoin,
Et ce gros homme grossier et bon qui me parlait l'autre jour dans la nuit.
Qui y aura-t-il que je respecte
Et que j'aime, si vous m'aimez ? non, Mesa, il ne faut point m'aimer !
Je voulais seulement causer, je me croyais plus fort que vous
D'une certaine manière. Et maintenant c'est moi comme une sotte
Qui ne sais plus que dire, comme quelqu'un qui est réduit au silence et qui écoute.
Vous savez que je suis une pauvre femme et que si vous me parlez d'une certaine façon,
Il n'y a pas besoin que ce soit bien haut, mais que si vous m'appelez par mon nom,
Par votre nom, par un nom que vous connaissez et moi pas, entendante,
Il y a une femme en moi qui ne pourra pas s'empêcher de vous répondre.
Et je sens que cette femme ne serait point bonne
Pour vous, mais funeste, et pour moi il s'agit de choses affreuses !
Il ne s'agit point d'un jeu avec vous. Je ne veux point me donner tout entière.
Et je ne veux pas mourir, mais je suis jeune
Et la mort n'est pas belle, c'est la vie qui me paraît belle ; comme la vie m'a monté à la tête sur ce bateau !
C'est pourquoi il faut que tout soit fini entre nous. Tout est dit, Mesa. Tout est fini entre nous. Convenons que nous ne nous aimerons pas.
Dites que vous ne m'aimerez pas. Ysé, je ne vous aimerai pas.

MESA. – Ysé, je ne vous aimerai pas.

YSÉ. – Ysé, je ne vous aimerai pas.

MESA. – Je ne vous aimerai pas.

Ils se regardent.

YSÉ, *à voix basse.* – Répétez-le encore que j'entende.

MESA. – Je ne vous aimerai pas.

L'ŒUVRE DANS UN GENRE

UN TEXTE THÉÂTRAL

La nature du texte théâtral est singulière. Sa lecture exige en effet que soit prise en compte sa finalité ultime, qui est la représentation. Jean-Pierre Ryngaert la définit ainsi : selon lui, lire le texte de théâtre « ne s'accomplit pas indépendamment de la construction d'une scène imaginaire et de l'activation de processus mentaux comme n'importe quelle pratique de lecture, mais ordonnés ici dans un mouvement qui saisit le texte "en route" vers la scène[1] ».

Le lecteur doit développer une intense activité imaginaire pour saisir le texte dramatique dans toutes ses dimensions. Cette activité prend appui sur un certain nombre de caractéristiques qui permettent de saisir la spécificité du texte théâtral. La présence des *didascalies* donne au lecteur un ensemble d'indications utiles, mais souvent lacunaires. Et la nature spécifique de *l'énonciation* théâtrale (on parle au théâtre de « double énonciation ») doit être prise en compte aussi bien par le lecteur que par le spectateur, souvent conduits à s'interroger sur le sens des gestes et des paroles des acteurs.

LE RÔLE DES DIDASCALIES

Le texte théâtral est double. D'un côté, il présente des didascalies qui fournissent des indications scéniques concernant les personnages, l'espace scénique, les mouvements, etc. De l'autre, il expose le discours des personnages (dans des échanges de répliques ou des monologues). Les didascalies jouent un rôle important dans la construction par le lecteur d'une représentation imaginaire.

Dans *Bérénice* comme dans tout texte classique, ces didascalies sont très peu nombreuses. On peut toutes les citer. Les premières apparaissent avant même que la pièce commence, à la suite de la liste des person-

1. J.-P. Ryngaert, *Introduction à l'analyse du théâtre*, Paris, Dunod, 1999, p. 23-24.

nages : « La scène est à Rome, dans un cabinet qui est entre l'appartement de Titus et celui de Bérénice. » Elles présentent le lieu où va se dérouler l'action. Elles permettent de distinguer l'espace hors scène, dont l'évocation est indispensable à la compréhension des enjeux politiques de la pièce (la ville de Rome, l'empire romain), de l'espace scénique situé entre les appartements privés de Bérénice et de Titus. Les didascalies suivantes sont peu nombreuses, très succinctes, et de portée limitée. Au début de chaque monologue, l'adjectif « seul » est accolé au nom du personnage, et d'autres didascalies indiquent les changements d'adresse à l'intérieur d'une réplique (ainsi, à la fin du dernier acte, Bérénice s'adresse à Titus, puis à Antiochus, puis de nouveau à Titus).

Trois didascalies méritent pourtant de retenir notre attention, car elles constituent les uniques indications de mouvement de toute la pièce. Elles se situent au dernier acte. L'indication « en entrant » au début de la scène 3 du dernier acte est le signe d'une certaine agitation, voire d'une agitation certaine (contenue dans les bornes de la bienséance classique) : Titus interrompt le dialogue d'Antiochus et d'Arsace. La réplique qu'il prononce dans le même temps : « Demeurez, qu'on ne me suive pas » (v. 1286), est adressée à sa suite. L'effet de précipitation est ainsi encore accentué. Ce changement de rythme annonce en quelque sorte le dénouement.

Les deux dernières didascalies décrivent les mouvements de Bérénice : à la fin de la scène 5 de l'acte V, elle « se laisse tomber sur un siège », ne prononce qu'un « Hélas » (v. 1423) dans la scène 6, puis « se levant » reprend la parole pour annoncer à Titus et à Antiochus qu'elle part. Ces deux didascalies ont une fonction très importante : un simple geste vient exprimer le renoncement de Bérénice avant même qu'elle puisse le dire. Ces gestes pointés par les didascalies sont d'autant plus significatifs que les codes de la bienséance classique interdisent absolument au héros de s'asseoir. Bérénice, qui « se laisse tomber sur un siège », signale ainsi l'étendue de son désarroi. Mais en « se levant » elle retrouve aussitôt la dignité qui sied aux héroïnes classiques.

LA DOUBLE ÉNONCIATION : DÉFINITION, EFFETS

Les didascalies constituent des interventions directes de l'auteur, elles sont distinctes du texte avec lequel il n'est pas possible de les confondre. En revanche, dans les répliques que diront les acteurs, l'auteur à beau s'effacer derrière son personnage auquel il laisse la parole, il demeure présent et s'adresse aussi au spectateur à travers les mots de son personnage. C'est ce qu'on appelle le principe de double énonciation : les personnages parlent entre eux (premier niveau d'énonciation), mais à travers leurs discours, l'auteur s'adresse au public (second niveau d'énonciation). Ceci admis, on parlera alors de la double destination du texte dramatique : chaque mot prononcé est destiné à un autre personnage, mais aussi au public, qui est toujours le destinataire ultime du discours théâtral.

Cette position privilégiée du spectateur (ou du lecteur) est primordiale : elle lui permet d'entendre, dans les paroles des personnages, ce que les personnages sont parfois encore dans l'incapacité d'entendre. En effet, le spectateur en sait souvent plus que le personnage sur la situation en cours, et certains effets dramatiques sont entièrement pensés en fonction de cette position originale qu'occupe le spectateur. Il perçoit les égarements des personnages, leurs illusions, tout ce dont ils ne sont pas eux-mêmes conscients. Cette position de surplomb définit notamment le principe de *l'ironie tragique* : le spectateur saisit alors la cruauté de l'illusion dont se berce le personnage ignorant de son destin et mauvais interprète des événements.

Ainsi dans *Bérénice*, l'annonce par Titus de sa décision de renvoyer Bérénice permet au spectateur de réévaluer tout l'acte I à la lumière de cette décision, qui reste inconnue d'Antiochus jusqu'à l'acte II et de Bérénice jusqu'à l'acte III. La dernière scène du premier acte apparaît alors comme extrêmement cruelle : la certitude de la jeune reine de pouvoir enfin profiter de son amour avec le nouvel empereur n'est qu'une illusion. Elle voit dans l'apothéose de Vespasien une promesse de bonheur, alors que cette cérémonie la condamne au contraire à l'exil. Le premier vers qu'elle prononce au début de sa longue réplique résonne *a posteriori* dans toute son ironie : « Le temps n'est plus, Phénice, où je pouvais trembler » (v. 297) : quand Bérénice croit pouvoir affirmer qu'il n'est plus temps de trembler puisqu'une ère de bonheur infini s'ouvre devant elle, le spectateur sait, lui, que le malheur de Bérénice est maintenant tel qu'il n'est plus temps de trembler. Les craintes de la reine étaient au moins liées à une incertitude à laquelle Titus, sans qu'elle le sache encore, vient de mettre fin.

Le sens d'une réplique est donc toujours fonction des effets de la double énonciation : les personnages ne maîtrisent pas toujours les enjeux ou les implications des paroles qu'ils prononcent. Le texte théâtral nous les présente ainsi comme des êtres mystérieux et complexes, auxquels il devient possible de s'identifier.

UNE PIÈCE CLASSIQUE

La construction dramaturgique d'une pièce classique est soumise à des règles de composition strictes qui sont en grande partie déterminées par la référence à la notion d'unité : unité d'action, de temps et de lieu.

L'UNITÉ D'ACTION

L'unité d'action suppose que l'intérêt de la pièce soit centré sur une seule intrigue. Les intrigues secondaires ne sont admises que si elles jouent un rôle évident sur l'action principale. Cette règle a également pour but de réduire les différences de tons et de registres, que les intrigues complexes des tragi-comédies, faites de rebondissements successifs, pouvaient permettre. On peut constater que l'unité d'action est parfaitement respectée dans *Bérénice*, puisque l'action se confond avec le cheminement psychologique de chacun des trois personnages et qu'aucune intrigue secondaire n'existe. Cette impression d'unité est même si forte qu'elle peut expliquer les réactions de certains contemporains de Racine, qui déploraient la minceur des faits représentés sur le théâtre.

Quoi de plus ténue effectivement que l'action de *Bérénice* ? Les doctes[1] ne s'y sont pas trompés : « Toute cette pièce, si l'on y prend garde, n'est que la matière d'une scène, où Titus voudrait quitter Bérénice[2]. » Racine, dans sa Préface, ne cherche pas à démentir cette simplicité, il y insiste même en déclarant que « toute l'invention consiste à faire quelque chose de rien ». Quel est ce rien ? Il est inscrit dans la célèbre citation latine tirée de Suétone qui annonce le dénouement de la pièce : Titus renvoie

1. *Les doctes* : savants qui se veulent les garants des principes théoriques de l'art d'écrire. \ 2. *Abbé du Villars, Critique de « Bérénice »*.

Bérénice, malgré lui, malgré elle. Toute l'action consiste alors simplement à montrer comment Titus s'affirme dans la décision qu'il a prise avant même le début de la pièce, et comment Bérénice apprend, puis accepte, cette décision. L'action est d'une simplicité extrême, mais elle existe bel et bien, car Titus semble pouvoir changer d'avis à tout moment (tout n'est peut-être pas joué) et, surtout, tout reste encore à dire, au point qu'après l'exposition du premier acte, l'acte II ménage un véritable coup de théâtre : Titus a décidé de renvoyer Bérénice. Cette décision renverse les prévisions mises en place au premier acte. La nature de ce coup de théâtre accentue le caractère singulier de l'action dramatique de *Bérénice*, puisqu'il n'est pas le résultat d'un événement extérieur, mais la concrétisation d'une décision déjà prise.

Mais la révélation n'a lieu que pour le spectateur, seul à comprendre la tragédie qui est en train de se nouer. L'incapacité de Titus à parler devant Bérénice diffère le moment de la crise et rend toujours possible un changement du cours de l'action. La résolution de l'empereur semble fragile, il peut encore choisir d'épouser Bérénice, il en a le pouvoir... Au troisième acte, on assiste à une sorte de première résolution, mais la confrontation des amoureux n'a toujours pas eu lieu. Elle constitue le centre du quatrième acte, où elle se présente sous la forme d'un affrontement rhétorique qui se termine par l'annonce d'un possible dénouement funeste, le suicide de Bérénice. Ce n'est qu'au cinquième acte que survient le dénouement, avec la résignation. L'action ne se présente donc pas comme une suite de péripéties imprévues liées à des événements extérieurs. Elle montre le changement d'état qui affecte chacun des trois personnages principaux : Antiochus passe ainsi de l'illusion d'un amour possible à la résignation, Titus de la fragilité de la résolution à l'acceptation, Bérénice des illusions de l'amour au renoncement.

L'UNITÉ DE TEMPS ET L'UNITÉ DE LIEU

L'unité de temps exige que l'action représentée ne dépasse par vingt-quatre heures. L'idéal, pour permettre l'illusion théâtrale la plus parfaite, serait de faire correspondre le temps de la représentation et le temps de l'action. Or c'est précisément ce que propose *Bérénice*. En effet, l'action est tout entière contenue dans le temps de la parole, aucune action n'est supposée se dérouler hors scène entre les actes.

L'unité de lieu exige enfin que l'action se déroule en un seul lieu. Racine le décrit dans les didascalies initiales « un cabinet qui est entre l'appartement de Titus et celui de Bérénice ». Toute l'action prend place dans cet espace intermédiaire dédié à la parole et à l'échange, espace à la fois privé et public. Le respect par les classiques de l'unité de lieu a pu, parfois, conduire à des situations étranges, que les romantiques n'ont pas manqué de dénoncer au XIXe siècle en demandant s'il était vraisemblable, par exemple, qu'un empereur et des conjurés complotant contre lui se succèdent sans jamais se rencontrer dans un lieu unique. Mais dans *Bérénice* l'unité de lieu renforce au contraire l'intérêt de l'intrigue. La nature de ce lieu intermédiaire signale bien le dilemme auquel sont confrontés les personnages. Titus sait déjà que le temps de l'amour n'est plus, et qu'il lui faut entièrement se consacrer à sa fonction publique. La reine, elle, s'efforce jusqu'au bout de maintenir les droits du bonheur privé face à la nécessité publique. Antiochus, enfin, souhaiterait être ailleurs mais il reste toujours là. Chacun des personnages est dans une situation qu'il sait transitoire, et le choix de ce lieu intermédiaire inscrit dans l'espace théâtral la nature du conflit qui traverse chacun.

VRAISEMBLANCE ET BIENSÉANCE

Le vrai et le vraisemblable

Le théâtre classique se construit autour de la notion fondamentale de vraisemblance. Aussi étrange que cela puisse paraître à nos yeux contemporains, les règles dont on vient de détailler l'importance sont considérées par les classiques comme des moyens au service de la vraisemblance. Cette notion, issue de la *Poétique* d'Aristote, autorité antique souveraine pour l'écriture dramatique, découle d'un postulat incontesté à l'époque de Racine : le spectateur doit pouvoir penser que ce qu'il voit représenté sur la scène est *vrai*. Mais le *vrai*, comme le rappelle Boileau, peut quelquefois n'être pas *vraisemblable* : il veut dire par là que tout ce qui arrive dans la vie (tout ce qui est « vrai », au sens usuel de ce terme) n'est pas forcément digne d'être présenté sur le théâtre (et n'est donc pas forcément « vraisemblable », c'est-à-dire semblable au « vrai » que le théâtre a le devoir de montrer).

Dès lors, les événements que le théâtre montre, et qui sont une imitation de la réalité, doivent faire l'objet d'une sélection rigoureuse : ils doivent être choisis, remaniés, atténués, modifiés parfois, etc. La vraisemblance à laquelle les classiques se réfèrent comme si elle était une évidence naturelle est en fait l'expression de leur point de vue sur ce qu'il est ou non possible de montrer sur une scène. La vraisemblance classique est double, puisqu'on distingue la vraisemblance de l'action et celle de la représentation.

La vraisemblance de l'action

La vraisemblance de l'action concerne la construction de l'histoire et celle des personnages. Il s'agit de ne pas trop s'écarter de la réalité historique (en ne prêtant pas aux personnages des propos anachroniques par exemple). Il s'agit aussi de présenter des personnages dont l'attitude soit en tout point conforme à l'idée que l'on peut se faire de leur dignité et de leur rang, ce qui suppose par exemple, dans la tragédie, un contrôle parfait des émotions, même dans les situations les plus extrêmes ou les plus délicates. *Bérénice* respecte ces exigences en développant une donnée historique, sans aucun caractère choquant ou inouï.

En effet, Racine fait le choix d'un sujet tiré de l'Histoire (la séparation de Titus et Bérénice lors de l'avènement de ce dernier comme empereur de Rome) qui ne présente aucun événement extraordinaire. Ici, le vrai (l'historique), même s'il est réécrit, est vraisemblable, dans la mesure où Racine construit une action qui expose une série de réactions successives sans péripéties extraordinaires : l'intrigue se construit en quelque sorte d'elle-même, sans l'intervention inopinée d'événements extérieurs (guerres, révolutions, etc.) toujours susceptibles de paraître artificiels.

Mais la vraisemblance de l'action se définit aussi, on l'a vu, en référence aux attentes supposées des spectateurs. Même si les événements historiques sont légèrement modifiés, ils restent paradoxalement vraisemblables aux yeux d'un classique dans la mesure où la pièce expose des conduites et des attitudes *qu'un spectateur est en droit d'attendre* lorsqu'il imagine le comportement d'un empereur, d'une reine et d'un roi. Et les membres du trio principal ne dérogent jamais à cette vraisemblance-là. Ce sont en effet toujours des signes quasi imperceptibles (une larme que laisse échapper Titus) ou des gestes très vite réprimés (Bérénice se relevant immédiatement après s'être affaissée sur un siège) qui laissent paraître l'étendue du chagrin ou du désarroi.

La vraisemblance de la représentation

La vraisemblance de la représentation impose quant à elle des limites dans le temps et dans le lieu : c'est la raison pour laquelle il faut considérer les règles des unités non pas comme un obstacle à la vraisemblance (ce serait un raisonnement anachronique) mais comme un moyen d'y parvenir. En effet, pour faire croire au spectateur que ce qu'il voit est vrai, il faut que l'action puisse effectivement se dérouler dans les limites de temps imposées par la représentation et par l'espace scénique : les changements de décor compromettent nécessairement l'illusion mimétique. Là encore *Bérénice* respecte très scrupuleusement la vraisemblance de la représentation classique : on aura du mal à trouver une pièce dont l'action soit aussi simple, dont le temps de l'action coïncide aussi bien avec le temps de la représentation et dans laquelle l'utilisation du lieu unique (le cabinet secret de Titus, « ce cabinet superbe et solitaire ») soit aussi bien justifiée.

En effet, l'action de *Bérénice* consiste en la rupture de Titus d'avec sa maîtresse orientale : Titus doit lui annoncer qu'il la quitte, Bérénice doit accepter cette décision. Antiochus est lié à cette action par sa double position de confident et d'amant. Cette action, dénuée de toute péripétie extérieure et de tout événement violent, tient parfaitement dans le cadre du lieu unique, lieu de passage et de dialogue. Ce lieu unique, situé à mi-chemin entre espace public et espaces privés, figure les contraintes qui pèsent sur les échanges. Enfin, le temps de l'action semble celui de la représentation : les entractes ne constituent jamais de longues ellipses au cours desquelles les événements se précipiteraient, ils marquent seulement de courtes pauses.

Les bienséances

Outre l'exigence de vraisemblance, la dramaturgie classique insiste sur la notion de bienséance, qui est liée à la précédente, puisque la bienséance prétend distinguer ce qui peut être représenté de ce qui ne peut l'être. Jacques Scherer la définit de la façon suivante :

> La vraisemblance est une exigence intellectuelle ; elle demande une certaine cohérence entre les éléments de la pièce de théâtre ; elle proscrit l'absurde et l'arbitraire, ou du moins ce que le public

considère comme tel. La bienséance est une exigence morale ; elle demande que la pièce de théâtre ne choque pas les goûts, les idées morales, ou, si l'on veut, les préjugés du public [1].

Les bienséances excluent donc de la scène toute représentation de la vie quotidienne, toute allusion à la vie sensuelle ou sexuelle des personnages. Elles proscrivent les combats, les duels, les morts violentes... Dans le genre tragique, les bienséances imposent de montrer des rois et des reines qui se conduisent comme tels : leur comportement et leur langage doivent être en accord avec l'idée qu'a le XVIIe siècle de la dignité royale. Ainsi dans *Bérénice*, la réaction de Bérénice à la déclaration d'Antiochus dans l'acte I est commandée en partie par la bienséance :

Seigneur, je n'ai pas cru que, dans une journée
Qui doit avec César unir ma destinée,
Il fût quelque mortel qui pût impunément
Se venir à mes yeux déclarer mon amant (I, 4, v. 259-262).

On ne parle pas d'amour à une reine quand celle-ci est destinée à un empereur. *Bérénice* semble donc se conformer aux exigences de la bienséance, mais le caractère fortement sentimental de cette tragédie soulève une difficulté. En effet, certains doctes ont reproché à Racine de montrer des héros qui ne parlent que d'amour. Et en ce sens, Racine ne respecterait pas la dignité de ses personnages : il trahirait donc les bienséances, et compromettrait aussi la vraisemblance... Boileau dans son *Art poétique* rappelle d'ailleurs que si l'on peut peindre des héros amoureux, il ne faut pas en faire des « bergers doucereux ». Cette question permet d'expliquer en partie les raisons pour lesquelles *Bérénice* a déclenché les foudres des doctes [2]. La pièce, annoncée comme une tragédie, a pu dérouter, tant elle s'autorise de libertés par rapport à certains canons du genre.

1. J. Scherer, *La Dramaturgie classique en France*, Nizet, 1950, p. 383. \ **2.** *Critique de « Bérénice »* de l'abbé du Villars (voir texte 10, p. 169).

UNE TRAGÉDIE

ÉLÉMENTS DE DÉFINITION DE LA TRAGÉDIE

« Ce n'est point une nécessité qu'il y ait du sang et des morts dans une tragédie ; il suffit que l'action en soit grande, que les acteurs soient héroïques, que les passions soient excitées, et que tout s'y ressente de cette tristesse majestueuse qui fait tout le plaisir de la tragédie », écrit Racine dans la Préface de *Bérénice*. Pour l'auteur, l'appartenance de la pièce au genre tragique ne fait aucun doute, mais son contenu ne répondait pas aux attentes du public.

Ces attentes sont définies au XVIIe siècle en référence aux règles énoncées par Aristote (384-322) dans sa *Poétique*. Pour le philosophe grec, la tragédie consiste en « l'imitation d'une action noble, conduite jusqu'à sa fin et ayant une certaine étendue [...] ; c'est une imitation faite par des personnages en action et non par le moyen d'une narration, et qui, par l'entremise de la pitié et de la crainte, accomplit la purgation des émotions de ce genre. [...] » (*Poétique*, chap. VI).

L'IMITATION D'UNE ACTION NOBLE

Cette définition attire notre attention sur deux caractéristiques constamment rappelées. Imitation d'une action noble, la tragédie privilégie tout d'abord certaines catégories de personnages. La tragédie antique met en scène des héros dont les actions ont souvent déjà fait l'objet des récits mythologiques : Œdipe, Médée, Agamemnon, etc. La tragédie classique française, pour sa part, va chercher la matière de son inspiration dans les légendes grecques ou l'histoire romaine, qui lui fournit une galerie de princes, d'empereurs, de reines et de rois susceptibles de contenter ce goût de la grandeur. *Bérénice*, dans ce sens, est bien l'imitation d'une action noble, puisque la pièce nous introduit dans l'intimité de l'empereur de Rome, c'est-à-dire du plus puissant personnage de l'univers. Entouré de Bérénice et d'Antiochus, il vit à l'écart d'un monde dont le tumulte ne lui parvient qu'atténué par les rapports des confidents.

Dans la pièce, la noblesse de l'action tient à la situation sociale des personnages, à leur grandeur d'âme, à l'importance des enjeux impliqués par l'action (Titus, même s'il en a le pouvoir, prendra-t-il le risque de compromettre la stabilité de l'empire en mécontentant les adversaires de son mariage ?). Le strict respect de la vraisemblance et des bienséances, évoqué plus haut, contribue bien entendu à la noblesse d'une action dans laquelle les personnages ne se départissent jamais d'une dignité qui force parfois l'admiration.

LA TERREUR ET LA PITIÉ

La tragédie grecque a également une autre fonction. Il s'agit de montrer au public rassemblé dans le théâtre une histoire exemplaire, édifiante. L'univers tragique est celui de la rencontre des hommes et des dieux. Le moment tragique est celui où l'homme comprend que ses projets et ses ambitions ne pèsent rien au regard de l'ordre voulu par les dieux. Œdipe est le héros tragique par excellence. Roi de Thèbes, vainqueur du Sphinx, il s'imagine volontiers le premier des hommes mais il ignore que tous les exploits dont il se glorifie n'ont fait que préparer sa perte, et l'ont conduit à accomplir le destin qui lui était promis, en tuant son père et en épousant sa mère. Face à ces actions monstrueuses, le public communie dans le respect des valeurs civiques.

La tragédie est un outil de la cohésion sociale : elle place à distance du public, sur la scène, des destins exceptionnels dont l'aboutissement entretient dans la conscience des spectateurs la crainte salutaire des dieux. Par la pitié, le public exprime sa proximité avec les héros, à cause de la terreur que ceux-ci inspirent, il s'en éloigne et les tient soigneusement à distance de sa propre expérience : le destin du héros tragique montre que l'homme peut passer du bonheur le plus grand au malheur le plus total, et qu'il ne saurait être maître de l'univers même si les dieux, pour le perdre, le lui laissent parfois croire.

La tragédie présente donc le combat d'un homme opposé à une force supérieure à lui, elle confronte l'humanité à une transcendance qui peut prendre des visages divers. Dans la tragédie grecque, elle s'incarne dans les dieux. Mais elle peut aussi prendre la figure du destin (*fatum*) ou, à l'âge classique, celui des nécessités politiques ou de l'empire des passions. Confrontés à la raison d'État ou à la tyrannie que les passions exercent sur eux, les héros classiques luttent aussi contre des forces supérieures, contre des forces qui les dépassent. *Bérénice* s'inscrit dans cette logique. La pièce montre deux héros, jusqu'alors maîtres de leurs décisions, confrontés à une loi qui les dépasse et leur dicte leurs comportements. C'est bien là aussi de terreur et de pitié qu'il s'agit, puisque ce sont les sentiments d'un spectateur à la fois ému par le chagrin dont il voit l'expression, et saisi d'effroi en constatant que même les plus grands souverains de la terre n'échappent pas à la loi commune.

Dans la préface de *Bérénice*, Racine demande ironiquement à certains spectateurs de lui laisser le soin « d'éclaircir les difficultés de la poétique d'Aristote » (p. 11, l. 84). Il ne faut cependant pas en déduire qu'il rejette les principes énoncés par le philosophe grec. Tout au contraire, on vient de le voir, il conçoit une pièce qui confronte la grandeur de héros d'exception à la cruauté de lois implacables qui manifestent la présence dans l'univers de forces qu'aucun humain, même le plus puissant d'entre eux, ne saurait dominer ni contrôler. La tragédie racinienne, comme la tragédie antique, représente le vain combat des hommes contre la transcendance. C'est une parenté qu'il convient de souligner, avant de préciser que Racine permet également au genre d'emprunter des chemins nouveaux.

LE TRAGIQUE DANS *BÉRÉNICE*

LE REFUS DE LA FATALITÉ

En effet, la nature singulière de l'action dans *Bérénice* modifie la nature du tragique : l'action, on l'a vu, dépend entièrement de l'évolution des sentiments des personnages. Ceux-ci ne sont pas confrontés à une fatalité extérieure qui viendrait brutalement leur rappeler leur condition : Titus connaissait parfaitement la loi romaine, elle ne lui est pas révélée dans un coup du sort imprévu. En outre, les personnages ne sont dominés par aucune passion destructrice et incontrôlable, qui serait source d'un aveuglement tragique : on a abondamment souligné la maîtrise dont ils font presque constamment preuve. *Bérénice* est proche des tragédies romanesques et galantes des années 1655-1665 ou de la comédie héroïque cornélienne (*Tite et Bérénice*). Racine a conscience de s'être éloigné des conventions du genre lorsqu'il rappelle, dans sa Préface, que « ce n'est point une nécessité qu'il y ait du sang et des morts dans une tragédie ».

La mort est simplement évoquée dans diverses allusions de chacun des trois protagonistes à un suicide possible, dans la scène 5 de l'acte IV et dans les scènes 6 et 7 de l'acte V. Ces allusions à une possible issue funeste donnent toute la mesure de l'intensité du déchirement ressenti par les personnages. Or ce déchirement est l'expression de leur condition tragique : chacun doit renoncer à ses illusions amoureuses face au poids de la réalité :

> Je connus que bientôt loin d'être à ce que j'aime,
> Il fallait, cher Paulin, renoncer à soi-même,
> Et que le choix des dieux, contraire à mes amours,
> Livrait à l'univers le reste de mes jours (Titus, II, 2, v. 463-466).

Est-ce vraiment Rome qui impose son choix à Titus ? Le texte ne semble pas insister sur ce point, c'est bien Titus lui-même qui s'impose ce choix, puisque son nouveau statut lui donne aussi la toute-puissance : « Vespasien est mort et Titus est le maître » (v. 248). « Titus m'aime, il peut tout, il n'a plus qu'à parler », rappelait d'ailleurs Bérénice au v. 298... Il faut prendre acte de cet effacement de la particularité de la situation amoureuse et politique décrite dans la pièce : Titus non seulement connaissait la loi qui lui est opposée, mais encore, pourrait s'y opposer, alors que le héros tragique traditionnel n'a pas la moindre possibilité de s'opposer aux ordres de la transcendance. Dès lors, des questions surgissent : si cet amour pouvait exister, pourquoi Titus le refuse-t-il, alors même qu'il a la possibilité, dans un coup de force risqué certes mais envisageable, de le mener à son terme ? On a pu dire que *Bérénice* racontait l'histoire d'un désamour [1]. Il est impossible, ou en tout cas très difficile, de penser que Titus n'aime plus Bérénice, il ne cesse d'affirmer le contraire. Mais il est clair que leur séparation n'est pas commandée en dernière instance par une contrainte extérieure.

UN TRAGIQUE INTÉRIORISÉ

Le tragique est un tragique intérieur, il naît d'une prise de conscience, celle de la mort des illusions dans la confrontation à l'aveuglante réalité :

1. Pour Roland Barthes, Titus n'est plus amoureux de Bérénice et cherche des excuses à ce changement affectif (*Sur Racine*, p. 91-92).

Titus s'ordonne d'ailleurs d'ouvrir les yeux (v. 1013), tandis que Bérénice ne cesse de refuser de voir le présent, pour rêver au passé et à l'avenir. Et Antiochus se condamne pendant longtemps à une perpétuelle incertitude : victime des doux espoirs de l'amour, il refuse lui aussi, durant la plus grande partie de la pièce, de voir la réalité de sa situation. La tragédie est consommée dans la scène finale, au moment où chacun des personnages accepte de faire en lui-même le chemin qui le conduit de l'aveuglement à la lucidité.

Le critique Georges Forestier résume bien la singularité du projet racinien dans *Bérénice* : « En schématisant, on peut dire que l'action consiste pour Titus à tenter de se faire comprendre et pour Bérénice à refuser de comprendre [1]. » À plusieurs reprises, le discours des personnages revient sur cet enjeu essentiel : Titus et Antiochus voudraient dire, et ils voudraient que Bérénice les entende :

> Voici le temps qu'il faut que je m'explique (II, 2, v. 343).

> Résolu d'accomplir ce cruel sacrifice,
> J'y voulus préparer la triste Bérénice.
> Mais par où commencer ? Vingt fois depuis huit jours
> J'ai voulu devant elle en ouvrir le discours,
> Et dès le premier mot ma langue embarrassée
> Dans ma bouche vingt fois a demeuré glacée (II, 2, v. 471-476).

Nous sommes donc confrontés, toujours selon Georges Forestier, à « une action apparemment immobile parce qu'entièrement fondée sur le discours (explications, malentendus, reproches, larmes) et sur les effets de paroles ; c'est-à-dire une action intériorisée ».

Les personnages ne sont pas victimes d'une fatalité extérieure : confrontés à l'exigence du choix, ils découvrent le caractère tragique du libre arbitre. Les héros prennent conscience de l'impossibilité de vivre innocemment, constatation qui rappelle la vision janséniste de la condition humaine. Titus renonce à vivre pour régner (« Mais il ne s'agit plus de vivre, il faut régner », dit-il au v. 1102). Bérénice, elle, renonce à l'amour pour pouvoir continuer à aimer. La situation présentée dans *Bérénice* est exceptionnelle. Contrairement à ce qui se passe dans les autres

1. Préface à son édition de *Bérénice* dans Le Livre de poche.

tragédies de Racine, le sentiment reste pur. Il n'est pas en soi coupable (à l'image de l'amour qu'éprouve Phèdre pour Hippolyte), et il ne se transforme pas en passion destructrice et violente (comme c'est le cas, dans *Britannicus*, de l'amour qu'éprouve Néron pour Junie). Cette pureté conservée contribue sans aucun doute à la singularité tragique de *Bérénice*.

UNE ÉLÉGIE

ÉLÉMENTS DE DÉFINITION DE L'ÉLÉGIE

L'élégie désigne originellement un chant de deuil. Elle est à la fois plainte et douleur. Elle ne constitue pas un genre littéraire à proprement parler, mais se caractérise par la nature des sentiments qu'elle exprime : mélancolie, tristesse, nostalgie. Boileau, arbitre du goût classique, en donne une idée très juste dans son *Art poétique* : la poésie élégiaque loin d'être une douce plainte doit aussi donner à entendre la violence du sentiment amoureux et en offrir un tableau contrasté :

La plaintive Élégie, en longs habits de deuil,
Sait, les cheveux épars, gémir sur un cercueil ;
Elle peint des Amants la joie et la tristesse,
Flatte, menace, irrite, apaise une Maîtresse ;
Mais, pour bien expliquer ses caprices heureux,
C'est peu d'être Poète, il faut être amoureux.
Je hais ces vains auteurs dont la Muse forcée
M'entretient de ses feux, toujours froide et glacée ;
Qui s'affligent par art, et fous de sens rassis,
S'érigent, pour rimer, en Amoureux transis. [...]
Ce n'était pas jadis sur ce ton ridicule
Qu'Amour dictait les vers que soupirait Tibulle,
Ou que, du tendre Ovide [1] animant les doux sons,
Il donnait de son Art les charmantes leçons.

1. *Tibulle, Ovide* : poètes latins, considérés comme les deux grands modèles de la poésie élégiaque.

Bérénice peut aussi se lire comme une longue élégie. En effet, le deuil amoureux constitue le cœur de l'action, et s'exprime avec la simplicité poétique d'un sentiment triste et douloureux. Ainsi la simplicité dramaturgique que Racine revendique dans sa Préface ainsi que l'énigmatique « tristesse majestueuse » qu'il met en avant ressortissent elles aussi de l'élégie ; Racine se démarque ainsi de son rival Corneille et semble reprendre à son compte les vers qu'écrivait du Bellay au siècle précédent lorsqu'il refusait la grandiloquence de Ronsard :

> Je me contenterai de simplement écrire
> Ce que la passion seulement me fait dire,
> Sans rechercher ailleurs plus graves arguments [1].

Bérénice peut donc se lire comme une tragédie élégiaque dans laquelle Racine préfère la douce violence à la véhémence excessive. Cette dimension élégiaque se caractérise par un certain nombre de motifs liés au discours amoureux et à l'expression de la douleur. On peut en repérer quelques-unes dans la pièce de Racine.

MOTIFS ÉLÉGIAQUES

Le souvenir

Les personnages évoquent très souvent leur passé comme lieu d'origine de leur amour présent ; dans leur discours prédomine l'expression du regret et de la mélancolie face à la fuite du temps et de l'amour. On retrouve là un motif élégiaque traditionnel. D'emblée, Antiochus apparaît d'ailleurs comme un personnage condamné à la déploration amoureuse :

> Dans l'Orient désert, quel devint mon ennui !
> Je demeurai longtemps errant dans Césarée,
> Lieux charmants où mon cœur vous avait adorée.
> Je vous redemandais à vos tristes États,
> Je cherchais en pleurant les traces de vos pas (I, 4, v. 234-238).

1. Du Bellay, *Les Regrets* (1558), sonnet 4.

Le personnage vit tout entier dans le souvenir de l'être aimé ; cette image le hante et contamine sa perception du réel : chaque lieu rappelle Bérénice à Antiochus et avive sa douleur, son « ennui » au sens classique [1].

L'exil

Le personnage est pour ainsi dire en exil : la séparation d'avec l'être aimé est vécue comme une errance perpétuelle. L'image de l'exil est particulièrement caractéristique de la thématique élégiaque et va de pair avec le sentiment d'une perte de soi-même. C'est bien ce qu'exprime Bérénice dans la scène 5 de l'acte IV lorsqu'elle s'adresse à Titus :

> Dans un mois, dans un an, comment souffrirons-nous,
> Seigneur, que tant de mers me séparent de vous ?
> Que le jour recommence et que le jour finisse,
> Sans que jamais Titus puisse voir Bérénice,
> Sans que de tout le jour je puisse voir Titus ? (v. 1113-1117).

Bérénice se projette dans le futur afin d'annoncer qu'elle consacrera le reste de son existence à se remémorer le passé : elle ne cessera jamais d'éprouver l'absence de l'être aimé. Le cycle des jours deviendra une répétition dénuée de sens. Les personnages seront exilés dans le souvenir.

La « tristesse majestueuse »

La pureté de sentiments, l'absence de violence extériorisée contribuent à créer une atmosphère tragique singulière, une « tristesse majestueuse qui fait tout le plaisir de la tragédie », comme le dit Racine dans sa Préface. En effet, les personnages se condamnent finalement à une vie bien plus douloureuse que la mort elle-même. L'apparente sérénité de leur choix final rend encore plus cruelle la séparation définitive et la mort symbolique auxquelles ils se résignent. Les derniers vers de Bérénice sont remarquables à cet égard :

> Vivez, et faites-vous un effort généreux.
> Sur Titus, et sur moi, réglez votre conduite.

1. *Ennui* a un sens fort à l'époque classique et désigne une profonde douleur morale.

> Je l'aime, je le fuis, Titus m'aime, il me quitte.
> Portez loin de mes yeux vos soupirs, et vos fers.
> Adieu, servons tous trois d'exemple à l'univers
> De l'amour la plus tendre, et la plus malheureuse,
> Dont il puisse garder l'histoire douloureuse
> (V, scène dernière, v. 1498-1504).

Les choix lexicaux révèlent la dimension tragique de la séparation finale. Ces vers mêlent en effet le vocabulaire héroïque et moral (« effort généreux », « réglez », « exemple ») au vocabulaire galant (« soupirs », « fers », « amour la plus tendre ») ; la simplicité du vers 2000 met de côté toute tentation d'éloquence tragique et héroïque au profit d'une formulation qui frappe par son humanité. Racine crée un tragique humain.

LA POÉSIE ÉLÉGIAQUE

Bérénice peut être lue comme un chant de deuil. Le travail de la langue module avec une grande économie de moyens la plainte amoureuse. Ce travail poétique se fonde sur une simplicité expressive et sur l'exploitation de la musicalité des mots. La simplicité est perceptible dans les choix syntaxiques et lexicaux : rigueur des constructions grammaticales, dépouillement du vocabulaire. Racine cherche davantage l'expressivité et la musicalité dans le travail du rythme : parfois ample, parfois bousculé par les rejets et la ponctuation, le style se soucie avant tout d'exprimer la sensibilité :

> Ah, Rome ! Ah, Bérénice ! Ah, prince malheureux !
> Pourquoi suis-je empereur ? Pourquoi suis-je amoureux ?
> (IV, 6, v. 1225-1226).

Ces vers prononcés par Titus restituent le déchirement du héros et son désarroi grâce à la répétition des mêmes constructions syntaxiques : l'anaphore du « Ah », repris trois fois et suivi d'un objet de plainte différent, puis la construction en parallèle des deux hémistiches du vers suivant, mettent en évidence l'authenticité et la force du désespoir de Titus. L'expressivité s'appuie avant tout ici sur les effets créés par le rythme (ternaire, puis binaire) et par la reprise des mêmes sonorités (allitération en [r], assonance en [eu]).

Le refus d'un style véhément et le choix d'une « fureur plus basse [1] » sont caractéristiques de *Bérénice*. Certes, plusieurs répliques, qui utilisent notamment des interrogations oratoires ou l'exclamation répétée, font entendre une éloquence plus recherchée [2], mais ces effets restent assez circonscrits et ne constituent en aucun cas la couleur dominante du discours.

Les mises en scène d'Antoine Vitez, de Klaus Maria Grüber (voir « La réception de l'œuvre », p. 125-126) ou de Frédéric Fisbach se sont attachées à rendre cette qualité toute particulière de la parole dans *Bérénice* [3]. Chez Grüber l'extrême économie de gestes, la quasi-absence de contact physique entre les personnages permettaient de mettre en évidence un parler presque chuchoté : la poésie n'en apparaissait que plus puissante et le metteur en scène se servait de cette sobriété extérieure pour mieux faire ressortir l'intensité intérieure. En ce sens, son projet scénique semble proche du projet racinien.

L'ÉLÉGIE DANS L'ACTION

Une tragédie peut-elle faire une aussi large place à l'inspiration élégiaque ? De nombreux critiques ont reproché à Racine de réduire *Bérénice* à un long chant de deuil amoureux, dénué de réelle dynamique dramatique. Mais ces reproches ne voient pas que l'élégie joue un rôle fondamental dans l'évolution de l'action. Titus, qui a pris sa décision, doit convaincre Bérénice de l'accepter. Dans cette perspective, l'élégiaque remplit plusieurs fonctions successives.

Dans la scène 2 de l'acte II, il permet l'introspection et l'acceptation contrainte de la décision par Titus. Dans la scène 5 de l'acte IV, la plainte élégiaque devient une parole polémique qui exprime le refus de Bérénice. Enfin, dans le dernier acte, l'élégie exprime la résolution douloureuse. L'élégie n'est jamais gratuite : elle est intégrée à la structure dramatique de la pièce, qui se construit comme un long travail de deuil amoureux (fondement même du sentiment élégiaque).

1. *Fureur plus basse* : expression empruntée à du Bellay dans le sonnet 4 des *Regrets*. \ 2. Comme dans les monologues d'Antiochus à l'acte I ou de Titus à l'acte IV. \ 3. Vitez a mis en scène *Bérénice* en 1975 au théâtre des Quartiers-d'Ivry (1975), Grüber à la Comédie-Française en 1984 et Fisbach au festival d'Avignon en 2000.

Certes l'élégie détermine un type de communication singulier, qui semble anti-dramatique au sens où, en renvoyant chacun à l'expression de sa propre douleur, il empêche l'instauration d'un réel dialogue entre les personnages. Comme le dit Georges Forestier, « le ton élégiaque dans *Bérénice*, c'est donc aussi le dévoiement de la parole théâtrale ordinaire ». Mais il est aussi l'expression la plus appropriée du cheminement des personnages vers la résignation consentie. Il raconte ainsi l'histoire même de la construction du dialogue : chaque tirade élégiaque s'adresse indirectement à l'autre pour influer sur sa décision. *Bérénice* n'est pas une succession de soliloques déploratifs, mais un enchaînement de plaintes conduisant à l'acceptation finale.

La forte composante élégiaque de *Bérénice* contribue à l'originalité de la pièce, mais elle ne remet pas en cause sa nature dramatique : la parole échangée reste le fondement même de l'action. Racine est conscient de cette originalité qu'il entreprend de justifier dans sa préface. Si *Bérénice* ne constitue pas, comme on a pu le dire, l'aboutissement de son projet d'écriture ni la plus racinienne de ses tragédies, elle constitue cependant un cas limite, une expérience théâtrale qui étonne aujourd'hui par sa modernité.

GROUPEMENT DE TEXTES : LE TRAGIQUE DANS *BÉRÉNICE*

TEXTE 5 • *Bérénice*, acte I, scène 4

ANTIOCHUS. – Je me suis tu cinq ans [...] Adieu.

VERS 209-285, PAGES 26-28.

La souffrance amoureuse : un motif tragique et élégiaque

1. Délimitez le récit contenu dans la réplique d'Antiochus (v. 209-258). Étudiez sa construction et indiquez ses principales caractéristiques formelles (en vous arrêtant notamment sur l'emploi de la coordination et de l'exclamation).

2. Montrer que ce récit remplit une double fonction : d'exposition d'abord, d'analyse psychologique ensuite.

3. Quelle place occupe Antiochus dans la relation qui lie Bérénice à Titus ? Relevez dans le texte les passages où il précise à la fois sa position ainsi que la manière dont la reine le considère.

4. Quels vers, quelles expressions vous semblent particulièrement caractéristiques de l'expression élégiaque ?

TEXTE 6 • *Bérénice*, acte II, scène 2

TITUS. – Hélas ! À quel amour [...] si j'y pourrai survivre.

VERS 420-552, PAGES 35-40.

L'amour contre la gloire : le conflit tragique

1. Dégagez la structure de cet extrait. De quelle façon montre-t-elle le combat entre la gloire et l'amour qu'éprouve Titus ? S'agit-il vraiment d'un débat intérieur ?

2. Comment la douleur de Titus s'exprime-t-elle ? Quels sont les éléments lyriques de ce passage ? De quelle façon s'inscrivent-ils dans le discours ?

3. Quel est l'intérêt dramatique de cette scène ? S'agit-il d'un véritable coup de théâtre ?

TEXTE 7 • *Bérénice*, acte III, scène 3

BÉRÉNICE. – Hé quoi, Seigneur [...] je fais ce que je puis.

VERS 850-918, PAGES 56-60

Le renversement de fortune et la construction de l'action tragique

1. Étudiez la construction de la scène en vous arrêtant notamment sur les effets de rythme (longueur des répliques, découpage du vers). Comment la révélation est-elle introduite ? De quelle façon est-elle dramatisée ?

2. Quel est l'intérêt dramatique de confier à Antiochus le soin de révéler le premier la décision de Titus à Bérénice ?

3. De quelle façon Bérénice réagit-elle à cette annonce ? Comparez son état psychologique au début et à la fin de la scène. De quelle façon son trouble influe-t-il sur sa parole ?

TEXTE 8 • *Bérénice*, acte IV, scène 5

BÉRÉNICE. – Non, laissez-moi [...] Adieu.

VERS 1040-1197, PAGES 67-73.

L'affrontement des amants : un conflit tragique

1. Identifiez les types d'arguments employés par chacun des deux interlocuteurs. Titus et Bérénice utilisent-ils les mêmes stratégies de persuasion ?

Pour répondre
Pour analyser les stratégies de persuasion, il faut s'intéresser au rôle et à la place de l'interrogation et de l'exclamation et au travail du rythme (alternance phrases longues, phrases courtes).

2. Étudiez l'évolution dramatique de cette scène en montrant par quelles phases passe successivement Bérénice. Peut-on dire que cette scène constitue un moment dramatique central ? pourquoi ?

3. En analysant la dernière réplique de Bérénice (v. 1175-1197), étudiez l'expression de sa douleur. Comment le personnage acquiert-il face au malheur une grandeur tragique ?

TEXTE 9 • *Bérénice* acte V, scènes 6 et 7

TITUS. – Madame, il vous faut faire [...] Hélas.

VERS 1363-1506, PAGES 85-91.

Le renoncement tragique, la douleur élégiaque

1. Quelle place la mort occupe-t-elle dans ces deux dernières scènes ?

2. Dégagez la structure de ces deux scènes de dénouement. Quel sens lui donnez-vous ?

3. Quelle place l'amour occupe-t-il dans les discours de chacun des trois personnages ? La douleur partagée crée-t-elle entre eux une communauté d'état ?

4. Pourquoi peut-on dire que la dernière réplique de Bérénice est caractéristique de la « tristesse majestueuse » dont Racine parle dans sa Préface ?

5. Dans ses *Remarques sur Bérénice*, Voltaire commentait ainsi le « Hélas » final : « On peut être choqué qu'une pièce finisse par un *hélas !* Il fallait être sûr de s'être rendu maître du cœur des spectateurs pour oser finir ainsi. » Êtes-vous d'accord avec ce jugement ?

VERS L'ÉPREUVE

ARGUMENTER, COMMENTER, RÉDIGER

L'étude de l'argumentation dans l'œuvre intégrale privilégie deux objets :

- L'argumentation dans l'œuvre. *Chaque genre littéraire, chaque œuvre intégrale exprime un point de vue sur le monde. Un roman, une pièce de théâtre, un recueil de poésies peuvent défendre des thèses à caractère esthétique, politique, social, philosophique, religieux, etc. Ordonner les épisodes d'une œuvre intégrale, élaborer le système des personnages, recourir à tel ou tel procédé de style, c'est aussi, pour un auteur, se donner les moyens d'imposer un point de vue ou d'en combattre d'autres. Ce premier aspect est étudié dans une présentation synthétique, adaptée à la particularité de l'œuvre étudiée.*

- L'argumentation sur l'œuvre. *Après publication, les œuvres suscitent des sentiments qui s'expriment dans des lettres, des articles de presse, des ouvrages savants… Chaque réaction exprime donc un point de vue sur l'œuvre, loue ses qualités, blâme ses défauts ou ses excès, éclaire ses enjeux. Une série d'exercices permet d'analyser des réactions publiées à différentes époques, dans lesquelles les lecteurs de l'œuvre, à leur tour, entendent faire partager leurs enthousiasmes, leurs doutes ou leurs réserves.*

Quelle vision du monde, quelles valeurs une œuvre véhicule-t-elle, et comment se donne-t-elle les moyens de les diffuser ? Quelles réactions a-t-elle suscitées, et comment les lecteurs successifs ont-ils voulu imposer leurs points de vue ? L'étude de l'argumentation dans l'œuvre et à propos de l'œuvre permet de répondre à cette double série de questions.

L'ARGUMENTATION DANS *BÉRÉNICE*

L'AMOUR ET LE POUVOIR : L'IMPOSSIBLE CONCILIATION

Bérénice propose une réflexion sur les rapports de l'amour et de la politique, sujet souvent abordé par son aîné Corneille. Mais loin de donner à voir un héroïsme triomphant qui transformerait en victoire le renoncement amoureux des héros, Racine montre leur douloureux et nécessaire apprentissage de nécessités politiques qui ne laissent aucune place à l'amour. Au-delà de cette impossible conciliation de la sphère amoureuse et de la sphère politique, Racine propose une vision pessimiste, voire janséniste, de la condition humaine, dans laquelle le bonheur semble condamné à n'être qu'une illusion.

Les nécessités politiques

• Exercer le pouvoir…

L'amour s'oppose à la gloire dans *Bérénice*. Le pouvoir impose des devoirs incompatibles avec les élans sentimentaux. Titus quitte Bérénice non sous la pression du peuple ou du Sénat romain, mais de sa propre volonté : en accédant à la charge suprême, il prend conscience de ce qu'il se doit et de ce qu'il doit être :

> Bérénice a longtemps balancé la victoire.
> Et si je penche aujourd'hui du côté de ma gloire,
> Crois qu'il m'en a coûté, pour vaincre tant d'amour,
> Des combats dont mon cœur saignera plus d'un jour
> (II, 2, v. 451-454).

La gloire est à comprendre ici au sens de grandeur morale : le héros passe d'un monde dans lequel le désir et la gloire peuvent s'accorder à un autre monde qui exclut l'amour au nom d'intérêts plus grands. Comme le rappelle Paulin, le héros doit savoir « vaincre ses passions » (v. 498).

La tragédie se fait l'écho les débats qui agitent la vie politique à l'époque de Racine : les années 1660 sont pour Louis XIV des années d'apprentissage au cours desquelles se met en place la monarchie absolue et se construit l'image du souverain : à quels sacrifices le pouvoir a-t-il obligé le jeune Louis ? quelle image le souverain se doit-il de renvoyer ? Le pouvoir n'apparaît plus dans *Bérénice* comme un instrument meurtrier, mais comme une charge écrasante, qui pousse l'homme à renoncer au monde. Alors que Néron utilise son pouvoir pour assouvir sa passion dans *Britannicus* (1669), Titus s'interdit la passion afin d'exercer une autorité politique légitime et sereine.

Titus fait souvent référence aux pouvoirs tyranniques qui ont pesé sur Rome. Ainsi, dans la scène 2 de l'acte II, il rappelle la fureur de Néron tandis que Paulin évoque César et Antoine, que leur amour pour Cléopâtre conduisit à leur perte (v. 381-408). À la scène 5 de l'acte IV, Titus justifie sa décision en citant les grands exemples de vertu romaine, ces grands hommes qui ont tout sacrifié pour Rome (Régulus, Manlius Torquatus, Brutus). Le pouvoir l'oblige à devenir lui-même un exemple : l'empereur se doit d'être irréprochable s'il veut exercer une autorité légitime :

> Mais, Madame, après tout, me croyez-vous indigne
> De laisser un exemple à la postérité,
> Qui sans de grands efforts ne puisse être imité ?
> (IV, 5, v. 1172-1174).

Exercé sereinement sans recours à la violence, mais défini comme une charge écrasante, le pouvoir est l'apanage d'êtres d'exception : rares sont ceux qui, comme Titus, ont la constance nécessaire pour tout lui sacrifier. La figure de l'empereur romain doit aussi se lire comme un discret hommage à la figure royale de Louis XIV.

• ...c'est renoncer à la vie

Le pouvoir impose un renoncement qui, loin d'être une victoire héroïque sur soi-même, est surtout source d'une douleur irrémédiable. Le héros cornélien se sacrifierait en pensant à sa gloire, alors que le héros racinien ne cesse de souffrir. Le pouvoir place son détenteur dans un état de déchirement permanent. Pour vivre, l'État doit être gouverné, mais celui qui gouverne l'État doit renoncer à vivre. Là résident le tragique et la noirceur de la vision racinienne du pouvoir :

> Je sais tous les tourments où ce dessein me livre.
> Je sens bien que sans vous je ne saurais plus vivre,
> Que mon cœur de moi-même est prêt à s'éloigner ;
> Mais il ne s'agit plus de vivre, il faut régner (IV, 5, v. 1099-1102).

Régner, c'est mener une vie d'un autre ordre et se condamner à un effort permanent et douloureux. Dans *Bérénice*, Racine donne du pouvoir une image à la fois nouvelle dans son univers tragique et extrêmement sombre : il n'est plus l'instrument de la tyrannie des passions, mais un douloureux renoncement à la vie même. Cette conception rejoint les thèses jansénistes, qui proclament la radicale impossibilité de vivre dans ce monde imparfait. Le destin des héros de Bérénice illustre le paradoxe tragique selon lequel il faut, pour continuer à vivre, accepter de ne pas vivre – et donc renoncer à l'amour, quelles que soient la force et la beauté de ce sentiment.

La défaite de l'amour

• La force de la passion

Titus et Bérénice forment un couple mythique dont la littérature galante a su s'emparer. *Bérénice* donne à voir la force du sentiment amoureux sous le vernis du discours galant. On y retrouve en effet toutes les caractéristiques du discours amoureux tel qu'il est codifié à l'époque de Racine, mais le dramaturge parvient aussi à faire entendre la vérité du sentiment. L'amour apparaît comme un enjeu vital et les tendres élans des personnages les engagent tout entiers. Le désarroi de Bérénice au début de l'acte IV (scène 2) témoigne de la force de sa passion amoureuse :

> Remettez-vous, Madame, et rentrez en vous-même.
> Laissez-moi relever ces voiles détachés,
> Et ces cheveux épars dont vos yeux sont cachés.
> Souffrez que de vos pleurs je répare l'outrage (IV, 2, v. 968-971).

L'expression « rentrer en soi-même » signale les possibles débordements de la passion amoureuse : à ce moment, la reine est littéralement « hors d'elle-meme ». La douceur de l'expression élégiaque du discours amoureux n'atténue pas le sentiment, mais fait rejaillir, par contraste, sa profondeur et sa force. La réponse de Bérénice à sa confidente montre en effet comment les signes extérieurs de la passion (pleurs, gémissements) contribuent à l'expression d'un douloureux sentiment de perte (v. 974-976). La fin de l'amour pourrait conduire à la folie et à la mort. *Bérénice*, tragédie sans meurtre et sans mort, tragédie élégiaque, donne donc à entendre, sous les couleurs douces du discours galant, la violence de la passion amoureuse – suggérée dans *Bérénice*, explicite dans *Britannicus* et dans *Phèdre*.

• La douleur des illusions

Malgré sa force, l'amour confronté au pouvoir semble un rêve idyllique anéanti par les nécessités du monde réel. Les personnages amoureux, Antiochus et Bérénice, sont en effet victimes d'illusions successives : Antiochus ne cesse de croire en la possibilité d'un amour partagé avec Bérénice, tandis que celle-ci, après avoir exprimé ses illusions par son enthousiasme initial (acte I, scène 5), est gagnée par une inquiétude de plus en plus violente, au fur et à mesure qu'elle comprend la nécessité de son départ.

L'élégie n'est pas un simple ornement du discours. En dépeignant d'emblée (par le biais d'Antiochus) l'amour comme un sentiment douloureux, elle signale l'impossibilité d'aimer plus longtemps dans ce monde. Le bonheur amoureux est immédiatement renvoyé dans le passé du souvenir, comme dans le monologue d'Antiochus au premier acte ou dans le discours de Titus à l'acte II (« J'aimais, je soupirais, dans une paix profonde », v. 455). L'opposition géographique et politique entre Rome et l'Orient se double ainsi d'une opposition plus profonde : celle du monde réel et du monde rêvé. L'amour naît en Orient, mais à Rome il ne peut survivre.

La vision racinienne de l'amour est paradoxale. En effet, Racine propose une peinture extrêmement sensible du sentiment amoureux décrit dans toute sa pureté. Cette pureté est celle de l'amour qui lit Junie à Britannicus dans *Britannicus*. Mais cette pureté ne peut être préservée. C'est là que se situe le tragique : la confrontation avec le monde dénature nécessairement cette pureté. L'homme se révèle incapable de la préserver et il est condamné à vivre dans le souvenir permanent d'un amour devenu impossible. Le renoncement apparaît ainsi comme la seule façon de ne pas dénaturer le sentiment amoureux.

GROUPEMENT DE TEXTES : JUGEMENTS CRITIQUES

TEXTE 10 • Abbé du Villars, *Critique de « Bérénice »* (1671)

Ce texte polémique paraît très peu de temps après les premières représentations de *Bérénice*. Il se fait l'écho des critiques adressées à Racine par ses nombreux détracteurs. Selon eux, Racine n'écrit pas des tragédies, mais des œuvres galantes.

L'Auteur a trouvé à propos pour s'éloigner du genre d'écrire de Corneille, de faire une pièce de Théâtre, qui depuis le commencement jusqu'à la fin, n'est qu'un tissu galant de Madrigaux et d'Élégies : et cela pour la commodité des Dames, de la jeunesse de la Cour, et des faiseurs de recueils de pièces galantes.

Il ne faut donc pas s'étonner s'il ne s'est pas mis en peine de la liaison des Scènes, s'il a laissé plusieurs fois le Théâtre vide, et si la plupart des Scènes sont si peu nécessaires. Le moyen d'ajuster tant d'Élégies et de Madrigaux ensemble, avec la même suite que si on eût voulu faire une Comédie[1] dans les règles ? On se soucie bien dans le monde si une Scène est nécessaire, pourvu qu'elle exprime tendrement et naturellement quelque sentiment délicat. Qu'importe aux Dames qu'un Auteur porte le Cothurne ou le Brodequin, pourvu qu'elles pleurent ; et que de temps en temps elles puissent s'écrier, *cela est joli*.

1. Que signifie l'expression « dans le monde » ?

2. Quels reproches dramaturgiques du Villars fait-il à *Bérénice* ? Relevez dans la pièce les éléments qui peuvent effectivement fonder ces reproches.

3. Que dénonce du Villars au-delà de ces fautes dramaturgiques ? À quel aspect de la pièce fait-il référence ?

4. Rédigez un court paragraphe directement adressé à du Villars, dans lequel vous répondrez à son argumentation. Dans cette réponse, vous reviendrez sur la nature galante et élégiaque de *Bérénice* tout en montrant pourquoi la pièce reste une tragédie.

1. *Comédie* est à comprendre ici en son sens général de pièce de théâtre.

TEXTE 11 • Voltaire, *Remarques sur « Bérénice »* (1730)

Voltaire, qui s'essaya lui-même à la tragédie, commenta les œuvres de ses illustres prédécesseurs. Après avoir publié des *Remarques sur Corneille*, il publie des *Remarques sur « Bérénice »* dans lesquelles il commente assez précisément la construction dramaturgique de la pièce de Racine.

On peut être un peu choqué qu'une pièce finisse par un *hélas!* Il fallait être sûr de s'être rendu maître du cœur des spectateurs pour oser finir ainsi. Voilà, sans contredit, la plus faible des tragédies de Racine qui sont restées au théâtre. Ce n'est pas même une tragédie. Mais que de beautés de détail, et quel charme inexprimable règne presque toujours dans la diction ! Pardonnons à Corneille de n'avoir jamais connu ni cette pureté ni cette élégance. Mais comment se peut-il faire que personne, depuis Racine, n'ait approché de ce style enchanteur ? Est-ce un don de la nature ? Est-ce le fruit d'un travail assidu ? C'est l'effet de l'un et de l'autre. Il n'est pas étonnant que personne ne soit arrivé à ce point de perfection ; mais il l'est que le public ait depuis applaudi avec transport à des pièces qui à peine étaient écrites en français, dans lesquelles il n'y avait ni connaissance du cœur humain, ni bon sens ni poésie : c'est que des situations séduisent ; c'est que le goût est très rare.

1. Justifiez l'affirmation initiale de Voltaire concernant le *hélas!* final de *Bérénice*.

2. Pourquoi Voltaire peut-il affirmer que *Bérénice* n'est pas même une tragédie ?

3. Quels éléments Voltaire loue-t-il dans la pièce de Racine ?

4. Que dénonce Voltaire lorsqu'il écrit « des situations séduisent » ?

5. Relevez les formes exclamatives et interrogatives. Quel rapport avec le lecteur induisent-elles ? Quel rapport établissez-vous entre ces indices formels et le titre choisi par Voltaire (*Remarques sur...*) ?

TEXTE 12 • Lucien Goldmann, *Le Dieu caché. Étude sur la vision tragique dans les « Pensées » de Pascal et dans le théâtre de Racine* (1956)

Paris, Gallimard.

Lucien Goldmann propose une lecture de l'œuvre de Racine comme expression de la pensée janséniste. Le tragique racinien se fonderait sur l'absolue solitude de l'homme qui ne peut rejoindre Dieu que dans le refus et le renoncement au monde.

Titus, étant *dès le début* conscient de la situation, de l'impossibilité du moindre compromis, du seul dénouement possible, est, comme Junie[1], dans le sens le plus rigoureux le personnage tragique sans péripétie ni reconnaissance. Bérénice, par contre, se situe déjà sur une ligne qui d'Andromaque mènera à Ériphile[2] et Phèdre. Absolue, entière dans son amour, elle n'a pas encore, à l'instant où se lèvre le rideau, réalisé l'existence des obstacles, compris le dilemme tragique. Titus empereur, c'est pour elle le triomphe de leur amour contre les difficultés que pourrait leur opposer le monde extérieur ; quant aux difficultés internes dans la conscience de Titus, elle ne soupçonne pas même leur existence. Le sujet de *Bérénice*, c'est le dialogue entre Titus devenu tragique, avant que la pièce ne commence, et Bérénice qui ne le deviendra qu'à l'instant où la pièce finira ; c'est l'entrée de Bérénice dans l'univers de la tragédie.

1. De quelle nature sont les « obstacles » que Bérénice rencontre ? Comment pourrait-on formuler son « dilemme tragique » ?

2. Si l'on suit le raisonnement de L. Goldmann, en quoi consiste l'action de *Bérénice* ?

3. Vous êtes metteur en scène et vous rédigez pour la comédienne qui va jouer le rôle de Bérénice un court texte qui, en s'inspirant de cette analyse de L. Goldmann, lui explique le parcours du personnage. Cherchez dans cet exercice à voir de quelle façon le texte de L. Goldmann offre des éléments concrets pour la représentation scénique et l'interprétation du rôle.

---

1. *Junie* : personnage de *Britannicus* (1669) : Néron est jaloux de son amour pour Britannicus. \ 2. *Ériphile* : personnage féminin d'*Iphigénie* (1674).

TEXTE 13 • Roland Barthes, *Sur Racine* (1963)

Paris, « Pierres vives », Éditions du Seuil, 1963 ; coll. « Points Essais », 1979.

Roland Barthes propose une étude des structures profondes du tragique racinien. Il s'intéresse notamment à l'espace tragique tel que le construit le texte racinien : il le divise en trois, d'une part, un premier hors scène qui est celui de l'intimité de la Chambre, d'autre part, la scène proprement dite qui représente l'Anti-Chambre, et enfin l'Extérieur.

La Chambre est contiguë au second lieu tragique, qui est l'Anti-Chambre, espace éternel de toutes les sujétions, puisque c'est là qu'on *attend*. L'Anti-Chambre (la scène proprement dite) est un milieu de transmission ; elle participe à la fois de l'intérieur et de l'extérieur, du Pouvoir et de l'Événement, du caché et de l'étendu ; saisie entre le monde, lieu de l'action, et la Chambre, lieu du silence, l'Anti-Chambre est l'espace du langage : c'est là que l'homme tragique, perdu entre la lettre et le sens des choses, parle ses raisons[1]. La scène tragique n'est donc pas proprement secrète ; c'est plutôt un lieu aveugle, passage anxieux du secret à l'effusion, de la peur immédiate à la peur parlée : elle est piège flairé, et c'est pourquoi la station qui y est imposée au personnage tragique est toujours d'une extrême mobilité.

1. Expliquez pourquoi l'Anti-Chambre, parce qu'il est un lieu d'attente, est un espace de « sujétion ».

2. Expliquez l'expression « piège flairé ». De quoi le personnage a-t-il peur ?

3. Quel lien Barthes construit-il entre l'espace de la tragédie et la parole tragique ? Quelles caractéristiques de cette parole met-il ainsi en lumière ? Illustrez votre réponse par des exemples tirés de *Bérénice*.

4. Vous êtes scénographe. En vous inspirant de cette analyse de R. Barthes et des indications qui concernent le lieu dans le texte de *Bérénice*, rédigez un court texte qui décrira le décor que vous avez l'intention de réaliser pour une représentation de la pièce.

---

1. *C'est là que l'homme* [...] *parle ses raisons* : dans cette phrase d'une compréhension délicate, Barthes fait du héros tragique celui qui ne parvient pas à saisir le sens des choses derrière leur apparence (« la lettre ») et qui met sa désorientation en mots (il « parle ses raisons »).

TEXTE 14 • Klaus Michael Grüber, « Notes de répétition » (1993)

In *Klaus Michael Grüber... Il faut que le théâtre passe à travers les larmes...*, portrait proposé par G. Banu et M. Blezinger, Paris, Éditions du Regard, Académie expérimentale des théâtres, Festival d'Automne.

Klaus Michael Grüber a mis en scène *Bérénice* en 1984 à la Comédie-Française. Léonidas Strapatsakis a recueilli et mis en forme certains de ses propos lors des répétitions.

Titus n'est plus là quand il ouvre la bouche, c'est déjà sa statue qui parle. C'est ça être impérial.
Quand on commence à jurer ça veut dire que quelque chose ne va pas.
Bérénice immobile, seulement la main tendue qui vit.
Paulin reconstruit Titus, il a refait Titus avec l'accord de Titus mais c'est une chirurgie terrible.
Un signe : pour cacher une douleur plus grande qu'on ne peut pas exprimer.
La pierre[1] : un monument énigmatique, la vie, quelque chose de dur à avaler et une obligation pour Titus.
Il est ouvert à toute interprétation.
Il est monumental mais sans construction, sans intervention extérieure.
C'est un peu le calme que les personnages retrouvent à la fin.
Un signe : c'est l'accord qui permet de suivre le ton.
Séparer la parole du mouvement.
Ne pas appuyer la parole et les gestes.
Ne pas souligner pendant qu'on parle.
Le geste arrive plutôt avant, pour libérer la parole.
Le geste parle seul.

1. Dégagez les éléments du texte qui, dans la forme et dans le contenu, montrent qu'il s'agit de notes de mise en scène.

2. Quelles sont les indications directement destinées aux comédiens ?

3. De quelle façon Grüber lie-t-il le geste et la parole ? Quels rôles respectifs leur donne-t-il ?

1. *La pierre* désigne un élément central de la scénographie dans la mise en scène de Grüber (voir texte du scénographe, p. 126)

4. En reprenant la scène d'affrontement entre Titus et Bérénice de l'acte IV (scène 5) et en vous inspirant des indications données par Grüber, décrivez les mouvements et les gestes de chacun des deux personnages dans cette scène.

TEXTE 15 • Jacques Lassalle, « Monstres innocents » (1990)

In *Revue du Théâtre national de Strasbourg*, n° 23 ; in *Pauses*, Actes Sud.

Metteur en scène, Jacques Lassalle a monté Bérénice en 1990 au Théâtre national de Strasbourg. Il écrit à cette occasion un texte dans lequel il propose une lecture de la tragédie de Racine.

Je me sens tout à fait libre de traquer dans Bérénice, sous le Racine sage de la tradition scolaire, l'autre Racine, celui que tentent les gouffres d'une irréductible duplicité.

Libre donc de considérer quelques tenaces préjugés :

– transparente, une œuvre dont le mot le plus souvent rencontré (16 fois) est le mot « secret », et dans laquelle la récurrence des mots « silence », « mystère », « tromper », « voile », en vient à tisser un réseau de faux-semblants, où chacun, jusqu'à la fin comprise, le sachant parfois, mais pas toujours, utiliserait le langage pour masquer, sinon dérober sa pensée à l'autre et lui-même ? 1506 vers, 600 en forme de question : c'est assez dire ici l'espace du trouble et l'irrésolution ;

– renoncée, une action dont l'implacable progression conduit d'acte en acte Bérénice, de l'ignorance de sa situation au libre choix de son dépassement, en passant par toutes les étapes de l'incrédulité, de la fuite en avant, de la supplique, du refus, de la révolte, et par vengeance, du chantage à la mort ? Racine, « musicien », ne saurait faire oublier Racine « constructeur ». « Ma pièce est finie ; il me reste à l'écrire », lui arrivait-il de déclarer. On mesure, à la complexité des structures narratives de Bérénice – le jeu des temps multiples et de l'espace unique, l'usage maïeutique des confidents, la fonction des récits, l'invention si neuve, si singulière, du personnage d'Antiochus –, la pertinence de ce qui, ailleurs, pourrait n'être que simple boutade ;

[...]

– élégiaque, une œuvre dont les protagonistes « sonnent » plus vrai lorsqu'ils s'invectivent et se déchirent que lorsqu'ils se déclarent leur amour ? S'aiment-ils encore ? Ou prennent-ils déjà la pose pour la postérité ? La construction de la légende, le passage au mythe, ne seraient-ils pas pour Titus et Bérénice, l'ultime façon de sortir de l'Histoire en la sublimant ? Les exemples ne manquent pas dans le siècle où nous sommes. Comment ne pas songer ici à la saga des Perõn [1] et des Kennedy [2] ?

– subalterne, simple confident, Antiochus, quand il est l'amant original, « légitime » de Bérénice, le double en quelque sorte inversé de Titus, celui sans qui le couple perdrait tout ensemble son recours et son reflet ?

1. À quels préjugés J. Lassalle tente-t-il de tordre le cou ? Selon quel principe formel son texte est-il construit ?

2. Comment comprenez-vous cette phrase : « La pertinence de ce qui, ailleurs, pourrait n'être que simple boutade » ?

3. Pourquoi J. Lassalle fait-il allusion à la « saga des Perõn et des Kennedy » ?

4. Explicitez et développez en la justifiant l'analyse de J. Lassalle sur le rôle d'Antiochus.

5. Vous êtes journaliste. Vous écrivez un court article dans lequel vous expliquez pourquoi un metteur en scène doit tordre le cou aux préjugés lorsqu'il monte un texte classique.

SUJETS

INVENTION ET ARGUMENTATION

Sujet 1

Antiochus décide de quitter Rome sans revoir Bérénice. Il lui écrit une lettre d'adieu dans laquelle il lui révèle l'amour qu'il éprouve pour elle.

---

1. *Perõn* : couple mythique formé par Eva Perõn et son mari, Juan Domingo, président de la République d'Argentine de 1946 à 1955. \ 2. *Kennedy* : autre couple mythique formé par John Fitzgerald Kennedy, président des États-Unis de 1960 à 1963, et sa femme Jackie.

En vous inspirant des vers 185 à 285 (acte I, scène 4), vous rédigerez cette lettre dans laquelle Antiochus fait le récit de son amour à Bérénice. Ce récit élégiaque doit aussi révéler le désespoir du personnage qui se condamne à l'exil.

Sujet 2

Rome s'oppose au mariage de l'empereur avec une reine orientale. Bérénice décide de défendre sa cause auprès du Sénat. Rédigez le discours qu'elle prononce devant cette assemblée. Vous construirez une argumentation qui devra répondre aux réticences du peuple romain dont Paulin se fait l'écho dans les vers 371 à 419. Vous serez attentif à la structure argumentative de ce plaidoyer et varierez les procédés de l'argumentation (Bérénice peut chercher à convaincre par la raison et les preuves mais aussi par les larmes et l'émotion).

Sujet 3

Antiochus rejoint son confident Arsace après le départ de Bérénice. Imaginez le dialogue des deux hommes : Antiochus fait le récit de la scène d'adieu tandis qu'Arsace cherche à le consoler. À la fin de la scène, ils quittent Rome.

Sujet 4

Vous voulez mettre en scène *Bérénice*. Vous écrivez à un comédien pour le convaincre de jouer le rôle d'Antiochus. Vous devez dans votre argumentation mettre en évidence la singularité du personnage dans la pièce et son importance. Vous devrez aussi prouver qu'il s'agit d'un « beau rôle », même si ce n'est pas le principal.

Sujet 5

Rédigez un texte polémique dans lequel vous attaquez le comportement de Titus dans la pièce. Vous construirez une argumentation qui s'appuie sur le texte pour montrer qu'il est un personnage lâche qui prend l'excuse de Rome pour se débarrasser d'une femme qu'il n'aime plus ou dont il a honte.

Sujet 6 : analyse d'images (pages 178-179)

1. Comparez les décors de chacunes des deux mises en scène représentées ci-dessous. Que mettent-ils en évidence ?

2. Comment pouvez-vous justifier le choix des costumes pour chacune des mises en scène ?

3. En analysant la posture des comédiens, montrez ce que chaque image met en évidence du rapport entre Bérénice et Antiochus.

COMMENTAIRES

Sujet 7

TEXTE 16 • ***Bérénice*, acte I, scène 2**

ANTIOCHUS. – Hé bien, Antiochus [...] à ne la jamais voir ?

VERS 19-50, PAGES 16-17.

Après avoir répondu aux questions suivantes, vous ferez un commentaire de ce texte.

Indications pour traiter le sujet
Vous montrerez comment il exprime l'inquiétude du personnage et permet une entrée dynamique dans l'action.

1. Dégagez la structure du monologue. Selon quel principe est-il construit ? Qu'est-ce que cette structure permet de mettre en évidence ?

2. Relevez les formes interrogatives et exclamatives. Qu'expriment-elles ? De quelle façon le caractère statique et artificiel du monologue est-il gommé ?

3. Relevez les éléments qui sont en rapport direct avec l'exposition.

4. Quelle est la fonction dramaturgique de ce monologue ?

Sujet 8

TEXTE 17 • ***Bérénice*, acte I, scène 5**

BÉRÉNICE. – Le temps n'est plus [...] si longtemps.

VERS 297-326, PAGES 29-30.

Bérénice et Antiochus, dans *Bérénice* de Racine,
mise en scène d'Antoine Vitez, 1980.
ph© Marc Enguerand

Bérénice et Antiochus, dans *Bérénice* de Racine,
mise en scène de Klaus Michael Grüber, 1984.
ph© Brigitte Enguerand

Après avoir répondu aux questions suivantes, vous ferez un commentaire de ce texte.

Indications pour traiter le sujet

Vous montrerez quel rôle ce récit joue dans l'exposition, et comment il révèle l'exaltation de l'héroïne face à un avenir qu'elle croit encore favorable.

1. Relevez les effets d'accumulation et les effets rythmiques. Qu'expriment-ils ?

2. Relevez les formes interrogatives et exclamatives. Quels effets permettent-elles ?

3. Comment Racine fait-il du récit une vision ?

4. Pourquoi peut-on parler d'ironie tragique à propos de cet extrait ?

Sujet 9

TEXTE 18 • *Bérénice*, acte II, scène 2

TITUS. – Bérénice a longtemps [...] pour la dernière fois.

VERS 451-490, PAGES 37-38.

Après avoir répondu aux questions suivantes, vous ferez un commentaire de ce texte.

Indications pour traiter le sujet

Vous étudierez la manière dont Titus fait le récit de la résolution du dilemme tragique entre amour et gloire, avant de mettre en évidence l'importance de cette résolution initiale dans le développement de l'action.

1. Dégagez la structure de l'extrait. Quels en sont les deux principaux moments ?

2. Relevez les marques du récit. Quelle est la fonction du récit ?

3. Montrez comment le lexique héroïque de la gloire et le lexique galant de l'amour se mêlent.

4. Sur quoi Titus fonde-t-il sa décision ?

5. Quelle place cette scène occupe-t-elle dans la progression de l'action ?

Sujet 10

TEXTE 19 • *Bérénice*, acte IV, scène 5

BÉRÉNICE. – Vous êtes empereur [...] Adieu.

VERS 1154-1197, PAGES 72-73.

Après avoir répondu aux questions suivantes, vous ferez un commentaire de ce texte.

Indications pour traiter le sujet
Vous analyserez l'affrontement entre les deux amants en montrant, d'une part, le déchirement de Titus et, d'autre part, l'étonnante transformation de Bérénice.

1. Quel est le sens du vers 1154 ?

2. Quel tableau Titus fait-il de Rome dans les vers 1157 à 1168 ? À quoi servent les exemples qu'il choisit ?

3. Par quels arguments Titus tente-t-il de convaincre Bérénice du bien-fondé de sa décision ?

4. Dégagez dans la tirade de Bérénice les indices formels de son indignation et de sa colère (effets de rythme, de répétition...).

5. Quelle nouvelle couleur tragique la tirade de Bérénice donne-t-elle au personnage et à l'action ?

DISSERTATIONS

Sujet 11

Dans *Notes et contre-notes* (1960), Eugène Ionesco définit le tragique de la façon suivante : « Le tragique : lorsque dans une situation exemplaire, tout le destin humain se joue. » Cette définition vous semble-t-elle juste ? Vous proposerez une réflexion argumentée qui s'appuiera sur l'analyse d'exemples précis tirés notamment de *Bérénice*.

Indications pour traiter ce sujet
Vous devez d'abord vous interroger sur le sens des termes employés par Ionesco : qu'est-ce qu'une situation exemplaire ? de quoi la situation tragique est-elle exemplaire ? Songez à la dernière tirade de Bérénice (V, dernière scène, v. 1502-1504).
Pourquoi peut-on dire que l'histoire de Titus et Bérénice parle de l'homme et de sa condition ?
Pourquoi cette définition ne s'applique-t-elle qu'à la tragédie ? Essayez de voir s'il est possible de l'appliquer à d'autres genres (le drame, la comédie) pour préciser la spécificité de l'universalité tragique.
Interrogez-vous sur la notion de destin. Pourquoi le tragique est-il lié à cette notion ?

Sujet 12

« Et puis, surtout, c'est reposant, la tragédie, parce qu'on sait qu'il n'y a plus d'espoir, le sale espoir ; qu'on est pris, qu'on est enfin pris comme un rat, avec tout le ciel sur son dos, et qu'on n'a plus qu'à crier [...]. » Vous analyserez et commenterez cette citation de Jean Anouilh, extraite d'*Antigone* (1944) sous la forme d'une réflexion argumentée et construite. L'étude de *Bérénice* et vos lectures vous serviront d'exemples.

Indications pour traiter ce sujet

Soyez très attentif à la forme de la réflexion d'Anouilh. Vous devez expliciter les termes et les expressions utilisés, qui sont empruntés au langage courant : « pris comme un rat », « tout le ciel sur son dos ».

Cette citation doit vous amener à vous interroger sur la nature spécifique de l'action tragique : comment la construction dramaturgique crée-t-elle la tragédie ? Vous pouvez revenir notamment sur la simplicité de l'action dans *Bérénice*.

Pour mettre en évidence les caractéristiques propres à l'action tragique, vous pouvez faire intervenir d'autres genres pour servir de points de comparaison. Interrogez-vous notamment sur ce qui différencie l'action dans le drame romantique et l'action dans la tragédie.

BIBLIOGRAPHIE

Éditions de Bérénice

RACINE Jean, *Œuvres complètes,* éd. de R. Picard, Paris, Gallimard, coll. « Bibliothèque de la Pléiade », 1950.

RACINE Jean, *Œuvres complètes,* t. I, éd. de G. Forestier, Paris, Gallimard, coll. « Bibliothèque de la Pléiade », 1999.

RACINE Jean, *Théâtre complet,* éd. de J. Morel et A. Viala, Paris, Classiques Garnier, 1980.

RACINE Jean, *Théâtre complet,* éd. de J.-P. Collinet, Paris, Gallimard, coll. « Folio », 1983 (2 t.).

RACINE Jean, *Bérénice,* éd. de G. Forestier, Paris, Le Livre de Poche, 2001.

Études sur le contexte

BÉNICHOU Paul, *Morales du Grand Siècle,* Paris, Gallimard, 1948 ; rééd. coll. « Folio Essais », 1988.

DELMAS Christian, *La Tragédie de l'âge classique (1553-1770),* Paris, Le Seuil, 1994.

Études sur Racine

Racine : la Romaine, la Turque, la Juive, éd. P. Ronzeaud, Aix-en-Provence, université de Provence, 1986.

Racine et Rome, éd. Suzanne Guellouz, Paris, Paradigme, 1995.

Les Tragédies romaines de Racine, Britannicus, Bérénice, Mithridate, Littérature classiques, 26, 1996.

BARTHES Roland, *Sur Racine* (1963), rééd. Paris, Le Seuil, *Œuvres complètes,* 1993.

GOLDMANN Lucien, *Le Dieu caché. Étude sur la vision tragique dans les Pensées de Pascal et dans le théâtre de Racine,* Paris, Nizet, 1955.

MOREL Jacques, *Racine,* Paris, Bordas, 1992.

ROHOU Jean, *L'Évolution du tragique racinien*, Paris, SEDES, 1991.

ROHOU Jean, *Jean Racine entre sa carrière, son œuvre et son Dieu*, Paris, Fayard, 1992.

ROUBINE Jean-Jacques, *Lectures de Racine*, Paris, Armand Colin, 1971.

SCHERER Jacques, *Racine et/ou la cérémonie*, Paris, PUF, 1982.

STAROBINSKI Jean, « Racine et la poétique du regard », dans *L'Œil vivant*, Paris, Gallimard, 1961.

VIALA Alain, *Racine. La stratégie du caméléon*, Paris, Seghers, 1990.

Études sur Bérénice

AKERMAN Simone, *Le Mythe de Bérénice*, Paris, Nizet, 1978.

ANTOINE Gérald, *Racine : Bérénice*, Paris, CDU, 1957.

BLANC André, « *Bérénice* et les "hélas de poche" », dans *L'Art du théâtre, Mélanges à la mémoire de Robert Garapon*, Klincksieck, 1992, p. 277-287.

CHARLES Michel, « Les *Bérénice* », dans *Introduction à l'étude des textes*, Paris, Le Seuil, 1995, p. 23-28.

DECLERCQ Gilles, « "Alchimie de la douleur" : l'élégiaque dans *Bérénice*, ou la tragédie *éthique* », *Littératures classiques*, 26, 1996, p. 139-165.

FORESTIER Georges, « Où finit *Bérénice* commence *Tite et Bérénice* », dans *Onze études sur la vieillesse de Corneille, Mélanges à la mémoire de Georges Couton*, Paris, Adirel-Klincksieck, 1994, p. 53-75.

SCHERER Jacques, « Les personnages de Bérénice », *Mélanges d'histoire littéraire (XVIe-XVIIe siècle) offerts à Raymond Lebègue*, Nizet, 1969.

Collection Classiques & Cie

6	Abbé Prévost	**Manon Lescaut**
11	Balzac	**Histoire des Treize (Ferragus - La Duchesse de Langeais - La Fille aux yeux d'or)**
3	Balzac	**La Peau de chagrin**
20	Baudelaire	**Les Fleurs du mal**
15	Beaumarchais	**Le Mariage de Figaro**
2	Corneille	**L'Illusion comique**
17	Flaubert	**Madame Bovary**
4	Hugo	**Le Dernier Jour d'un condamné**
21	Hugo	**Ruy Blas**
8	Jarry	**Ubu roi**
5	Laclos	**Les Liaisons dangereuses**
14	Lafayette (Mme de)	**La Princesse de Clèves**
12	Marivaux	**Le Jeu de l'amour et du hasard**
18	Maupassant	**Nouvelles**
27	Maupassant	**Pierre et Jean**
1	Molière	**Dom Juan**
19	Molière	**L'École des femmes**
25	Molière	**Le Misanthrope**
9	Molière	**Le Tartuffe**
10	Musset	**Lorenzaccio**
26	Rabelais	**Pantagruel - Gargantua**
22	Racine	**Bérénice**
23	Racine	**Britannicus**
7	Racine	**Phèdre**
16	Rousseau	**Les Confessions**
13	Voltaire	**Candide**
24	Voltaire	**L'Ingénu**

Achevé d'imprimer par L.E.G.O. S.p.A. - Lavis (TN) - Italie
Dépôt légal: 96303-2/02 - Janvier 2014